魔狼
フェンリル
恵みの冬を
もたらす
大精霊。
JN033783
エルの補佐官
グレア
ぶっきらぼうに
常識を教えて
くれる。
藤岡 柊（エル）
異世界トリップ
してきた絶望社畜。
雪国のくらしを
満喫中。
冬フェンリルの愛子となった私が、絶望から癒されていく話

湯の乙女
レヴィ
温泉の体をもつ。
人を温めるのが
大好き。
フェルスノゥ王国
第一王子
クリストファー
好奇心旺盛で
自然観察が
趣味。
フェルスノゥ王国
姫君
ミシェーラ
愛娘の立場を
エルにとられて
しまった!?

冬 フェンリルの愛子となった私が、絶望から癒されていく話

黒杉くろん
illust. 花ヶ田
キャラクター原案 正田しろくま

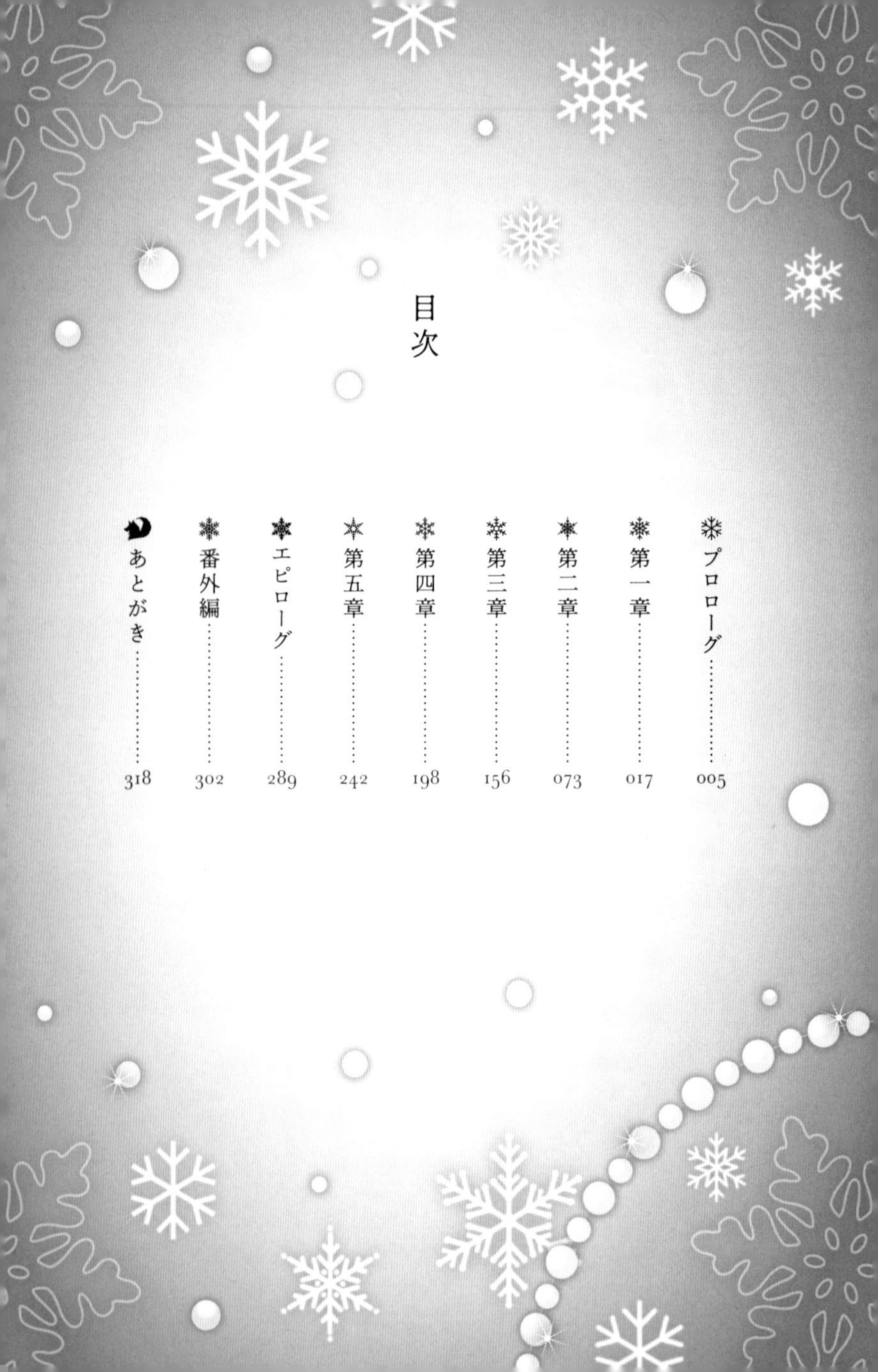

目次

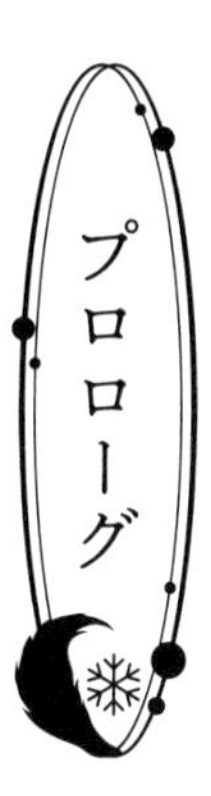

❄ 異世界転移

私は絶望しながらソファに沈んでいた。

雀(すずめ)の涙のようなボーナスが出たときに、自分へのなけなしのご褒美として買ったソファ。

人をダメにするという売り文句通り、このソファに沈んでいるともう何もしたくなくなる。

食事もいいや。

トイレもいいや。

なんだかすべて無気力で、宙にふわふわ浮いているような気分。脳みそが軽い。

ぶっちゃけやばいんだと思う。

「会社を、クビに、なりました……」

口に出すとズガンと心臓に響いた。いったたたたたたたたたた!

ふわふわの脳みそしてても、心臓が攻撃してくる。マジでやめて。

体は私を甘やかしてはくれないのに心を傷つけるのは得意だ。

……違うか。

私が体を酷使し続けて、心とか、自分自身を労ってあげなかったんだよねぇ。体からの報復？

自業自得？　ごめんね……。

会社でクビを言い渡されるまでのことを思い出した――。

「藤岡くん」

そう呼ばれるとすぐさま体がすくむようになっていた。けれど行かないと何度も呼ばれていらない注目を浴びてしまうから、条件反射で立ち上がり、上司のデスクに向かう。笑顔が引きつっているような気がしていたけれど、それ以前に、笑顔でいても「ヘラヘラしている」、真剣な表情ならば「女のくせに愛想が悪い」と言われるのでもうなんだっていいんだろう。

諦めていた。そして上司の分の仕事も、当然のように引き受けてしまう日々。

それが引き金になっていたのに。

私が担当していない件の失敗でも私の名前が挙がってて、訳がわからないままでもロボットのように頭を下げるようにしていた。素直に受け止めることこそ新人の務め、上司の経験こそ新人の糧、言われたようにしなさい……なんて聞かされて、ばか正直にコントロールされていた。違和感を違和感としてやっと認識できたのは、私に大量の仕事が回されたあと、部署のみんなで飲み会に出かけていたらしいと知ったときだった。

一人きりの事務所で眠気まなこをこすりキーボードを叩いていたら飛び込んできた間違いメール

には「ＲＥ：本日の友好会の開催について」と書かれていて。

このとき、私の世界が壊れたんだ。……休日も資格の勉強をして同僚よりも仕事に励んでいたらきっと、上司の負担を減らせるようなできる部下になれたらきっと、大切にしてもらえるんだろうって……そんな妄想を支えにしていた。今、大切にされていないって、わかっていたのに向き合わなかった報いがやってきたんだね……。

大損が発生して、トラブルの原因は私の資料不備のせいだとされた。人事がやってきて、私はさすがに抗議したけれど、これまで上司の言いなりになっていて積み重ねていた失敗件数により、信用してもらえなかった。ミス多そうですね、と人事の人たちが去り際に私に言い放ったのが忘れられない。

駅のホームで手鏡を見て、わかった。

目の下に隈、土気色の荒れた肌、ゾンビのようなひどい顔だ。

は――――。

正直、まだ二二歳なのでこれからの人生どうとでもなるはずだ。いろんな生き方があるし、私は一つのレールから外れてしまっただけ（って精神科の先生に言われた）。

でも、すんっごく疲れているんだ……。

真面目に頑張るってなんなんだろうって。全部下手くそだなあって。大見得切って一人で東京に出てきてさ、こんなずたぼろになって、応援してくれていた実家の家族に申し訳ないよ……。

涙が溢れる。まだ枯れないんだ。人間ってどこまで泣けるんだろう。

「帰り……たくは、ないなぁ……」

恥ずかしいの。

私、見栄っ張りだから。

両親は私に期待してくれていた。よくできる子だから大丈夫よって、大企業就職おめでとう！

なんて、あまり裕福じゃない家庭なのに短大まで行かせてもらってこの結果だ。すんごい苦しい。

全部上手にできなくてごめんなさい！　って、私なんて全部駄目だって、そんな気持ちと心中してしまいそう。

「くらくら」

ついに擬音まで言葉に出てきちゃったよ～……あ～大変、とても痛い子じゃないか。誰も見ていないけどねぇ。ふわふわした心と体のままで、ひたすらソファに甘えちゃおう。

もう存分にダメにしてくれ、頼む！

明日の予定もないんだから、べつに、アラームを気にする必要もないし……。

このままでいさせて…………………。

もらえなかった。

目の前が急にピカッッッと明るくなる。

「——何!?」

なけなしのまどろみを邪魔されたことにとっさにマジギレした私は、さすさすと手を動かした。

砂、砂利、地面。手に触れたのはそんなもの。そして青白い陽(ひ)の光が眩(まぶ)しい。なんだこれ……?

あまりのことに混乱して心臓がばくばくする。

私のソファは——?

明るいのは外にいるから? えっ昼? なんで……?

クビを宣告された夕方、そしてメンタルが死んだ夜はどうした? どこにいったの。

全部夢だったたって言うの?

……そんなおふざけは許さないんだけど……。会社をクビになってなかったとしても私はもう絶対に出社するもんか。クビになって凹(へこ)んだからって、また会社に戻りたいとは限らないんだよおおお激務ブラック事務はもういやだ、思い出しただけで胃液がこみ上げてくる。

はい、終わり。

私は人生の選択を間違えて疲れた!!!!

情緒不安定は許してよ、もう何言ってるのかわかんない。

お腹の中がぐつぐつしてて、頭がくらくらしてて、けれど妙に目の奥が寒々しくって。その冷たさが目尻から溢れ出す。冷たい、とっても冷たくて凍えそうで……足を抱え込んで殻に閉じこもった。何を与えられても受け入れ続けていたあのときと結局、同じように。

でもね、クビになったからか、殻が壊れたところもあって……泣き声がなさけなくこぼれる。

うっ、うえっ、うう。

〈オマエは……っ〉

声が上から降ってきた……？　獣みたいな低い唸(うな)り声とともに。妙な響き……。

ぼやけた目の前に真っ白の毛皮が現れる。

「はっ？」

思わず撫(な)で回していた。さわさわさわさわふわふわモフモフモフ……とてもいい。

どうせ気持ちいい方が、夢なんだ。

ここで寝るわ！

〈オイ〉

「うるさいうるさーい。黙って私のベッドになってて。おやすみ」

こんな気持ちいいの夢の中だけなんだから。今だけでも私のソファ兼ベッドにしたっていいじゃん。なんか獣声がうぉんうぉん言ってるけど聞くもんか。

やったーそーれ睡眠の世界へー……。

意識がまた遠ざかっていく瞬間——毛皮ベッドにくっついている白くて大きな獣の頭とか、やけに綺麗(きれい)な青の瞳を見た気がしたんだけど、思ったのは「そんな困った目で見られても困るよ、ここで寝るのをどうか許してよぉ」ってことくらいだった。涙がこぼれた。

静かになったからもういいや。

眠り続けた。

私はその間、何かを考えることもなかった。ただ生きているだけでよかったんだ。

とても気持ちよくって、ただそれだけで。

さいこーでしょ？

目覚めたくなんてなかった…………けれどいつの間にか、からっぽだった心に「何か」がたまっていて吐き出さなくちゃ胸が苦しくって。そしてイヤイヤながら目を開けた。

吐いた息が、ひゅうと冷たく凍って、空中に氷の粒をキラキラと舞わせた。

は？

——視界の何もかもが真っ白。

真っ白な毛皮はわかるよ、なんとなく眠る前そんなんだったからさ。でもねぇ……。

私の手が、長い髪が、スーツまで、全部雪みたいに白いんですけど？

「ひっ」

ひくひく、と喉が震える。

咳(せ)き込んでから、パニックが口をついた。

「つうわあああ——!?　何これ何これ、変っ変っ。え!?　白のスーツなんてどんなコスプレですかだよ？　OLにあるまじきだよ。ひえぇ……土気色だった肌がこんなの……白っ。何死んだの？　それにしてはうっすらと血管は見えてるし、脈だってあるんですけれども。つ、爪が青色。ネイルした覚えないよぉ。ホクロはそのままあるのね……？」

〈ウルサイ娘だ〉

なんかでっかい黒の塊がぬるんっと、うつむいていた私をつついた。

は？？？？　悲鳴が出そうになるけど、出てくれない、喉が詰まったので、ゲホゲホと咳をした。

すると口から氷の粒が出て、黒いののさきっぽにぶつかった。

〈っくしゅん〉

ブワッ――――！

と強烈な風が、私の全身を吹き飛ばさんばかりにぶつかってくる。

そのまま後ろに転げてしまいそうだったけれど、背中が毛皮に押しつけられるようになったから無事だった。ぼさぼさだったはずの髪が、白くて、サラサラと頬を撫でていく。

こぼれこ落ちそうなほど見開いた目で眺めたのは、巨大な獣の口がこっちに向かって「グワリ！」と開いている光景だった。ずらりと並んだ真っ白の牙に、ピンク色の口内、冷たい吐息。

――ッちょっと待って。

食べないで！

「死にたくなーい……っ！」

とっさに出た言葉がそれで、唖然とした。

……生きたいって、私、まだ、考えることができたんだね……？

無気力だった体に血が巡り、石のようだった心臓がドッと動き始めた。

とっさに頭をかばうようにしていた腕の隙間から、そよりと冷風が吹いてきて……おそるおそる覗いた。わずかだけど、心が冷静になっている……かも。たくさん寝たから？　頭もスッキリしている。

獣の大口は閉じられていて、そよ風が鼻から漏れている……あの黒くてぬるんとしたのは獣の鼻だったんだね。やっときちんと正面から見られた。

白雪に銀をまぶしたような毛並みの、あまりに美しいオオカミだ。

すっと通った鼻筋に、やんわり細められた瞳は見たこともないくらい鮮やかな青。コバルトブルーっていうのかな。目の周りの毛には細かな氷がついていてきらきら光った。

こんな生き物がいるなんて……。

いるわけがあるかい。何せ私の体をまるごと包んでしまうくらい巨大なオオカミだから、見つかったら大騒ぎどころではない。ファンタジーなニュースが世界中を駆け巡るでしょうよ。

というかここ、どこ？ オオカミに包まれているから周りの景色はあまりわからない……。

動作ストップしていた私が、キョロキョロし始めたら、またぬるんと鼻先が押しつけられた。

「っっっっ」

声にならない悲鳴が！ そりゃ出るよ！ このオオカミ……私の反応で遊んでいるみたい。強者の余裕なんでしょうねえ。一口かじればお腹の中だもん。硬直するしかない私のにおいをフンフンと嗅いでいる。

〈ん……よく繋（つな）がっているようだな〉

どういうことなの……。

う、歯で唇嚙（か）んじゃった、一度に、二か所も。そんなことある？ 八重歯のあたり。

〈本当にこんなことが起こるのか〉

知らんよ。どれよ。ドジのことをからかわれたような気がして、口を押さえながらじとりと睨(にら)んだ。痛いんだぞ唇。いやほんと、プツリと血が……血が、凍ってる。ええ？

〈牙の使い方が、初(う)いな〉

この声——やっぱりオオカミのものなんだよね？

呼吸と口の開き、それから私に向けられた言葉がぴったりとリンクしている。オオカミの意思が理解できるなんて。夢だからかな……それにしては唇が痛いので、現実であると感じてしまう。

〈死にたくないか。それならば、食え。ヒトの娘よ〉

遠吠(ぼ)え。

とっさに耳を塞いだけど、至近距離だから鼓膜がビリビリと痛いくらい！

……鳥が集まってきた？　羽ばたいたり脚を伸ばしたりしながら、五羽六羽七羽……

口には様々な果物を咥(くわ)えている。

私の前に。

〈食え〉

「あっはい」

オオカミが命令してくるからとっさに頷(うなず)いてしまった。……野生の果物、見た目はリンゴに似てるけど大丈夫かな。うわめっちゃ見てる、かじるっきゃない……え——い！

必死にかじりつき、咀嚼(そしゃく)して胃に詰め込む。むせた。

胃に固形物が落ちていく感覚が久しぶりで、きゅーっとお腹が痛い。……そして体が少し重くなって、この地に足がついたように感じる。はあ、と息を吐くと氷ではなくきらめくダイヤモンドダストのような効果が生まれた。果実のしずくで青い爪が潤っている。

食べ物のエネルギーをいただきながら、私は泣いた。

勝手に涙が落ちてくる。

美味しい。

美味しいって感じられるんだよぉ。

つらくて消えてしまいたかった夕方、ソファに癒されたかった無気力な夜、そして生きたくなっている昼間……。気分がジェットコースターだよね。

動物たちは静かに私に寄り添ってくれた。人をまったく怖がっていないのが不思議だな。

オオカミは相変わらずどっしり構えていて、呼吸に合わせて白い毛皮にのった私をそっと上下させる。あたたかいね……。

〈食べたか。よし〉

オオカミが器用に口角を上げた。やたらと立派な犬歯がきらりとツララのように光る。

「あ、ありがとうございます……」

私の口から溢れたのは、お礼の言葉だった。

オオカミが笑った気がした。

第一章

ここはファンタジーな世界

獣の毛を指先でいじりながら、天井を見上げる。氷と岩に覆われた、洞窟のようだ。天井の開いたところからはやけに青白い陽の光が降りそそいでいる。空気がキンと澄んでいて、動物の吐息すらも白くモヤになっている。冬の気候。

このオオカミに包まれていなかったら凍えていたんじゃないだろうか。

おさらい。私、日本の自分の部屋にいたはずだ。それなのに気がついたらファンタジー世界にでも来ちゃったみたい。まるで物語の主人公ですけど、何が起きたのか説明してよ誰か――！

〈自分でだいたい言っているではないか〉

「嘘（うそ）。思考が声に出ていたの……？」

〈この娘。どうやら相当ヌケているらしい〉

くあ、とオオカミがあくびする。

誰がオッチョコチョイよー……。たしかに学生時代はうっかり和み委員長なんてあだ名をつけられていたけど、社会人になってからは生馬の目を抜くようなピリピリした事務所で少しのミスも許されず増える仕事の山…………ああだめだ……もう頭が痛くなってきた。

忘れよう。だってクビになったもん。

ズガンと心臓に響く。うう。

〈ファンタジー世界、とオマエは言っていたが？　まあそんな感じなのだろう〉

ファンタジーという言葉をこのオオカミは知っている。そして、言葉の意味がほとんど同じ認識であるらしい。あまりに生活環境が違う（そもそも種族すら違う）私たちがこんなふうに伝え合えるってことは、テレパシーみたいなもので同調・翻訳されているとサイコに考えるべきだろう。

なんて不思議なんだろうか。

くんくん、とオオカミがまたにおいを嗅いでくる。

「ど、どんなにおいがしますか……？　臭かったらすみません……」

〈異国の花を混ぜたようなにおいがする。嗅ぎ慣れないがイヤではない。それから……〉

「そ、そうですか。柔軟剤、シャンプーとコンディショナー、ってところでにおいが混ざってるのかもしれない。……ファンタジー世界にはないだろうな、ってか日本って言ったらこのオオカミに通じるんだろうか。獣って地理に詳しいの？　……ハッ!?」

〈今さら口を塞いだところで遅いぞ〉

「なんで!?　っすみません思考だけのつもりで、言葉が荒っぽくて、ええと勝手に漏れちゃっててそんなつもりはなかったんですけど……！」

〈私にとっては都合がいいし、獣を獣と言ったところで叱るつもりはない。まだこのままでよい〉

「私は困りますし」

〈では慣れなさい。それにしても〝日本〟か。知らぬな〉

オオカミが首をかしげて、私はがっくりとうなだれる。

フワサラの毛に包まれた頬が、私に触れた。……っ極上感触！　私の髪とこのオオカミの毛並みは、色味が似ている。そういえば容姿の変化について、聞いてもいいだろうか。

オオカミは沈黙して寄り添ってくれている。だったら私から話しかけてもいいかな。

「すみません。質問してもいいですか」

〈よい〉

うわ潔い返事。二文字。

「ありがとうございます。あの、私の容姿……もともと黒髪だったはずで、肌も黄色人種、服はグレーだったんです。それが真っ白になっている件について、原因をご存じでしょうか？」

〈堅い……〉

すっごい顔を顰められた。こ、こわっ。涙目になるとあやすように尻尾の毛を体にかけられた。

〈いいかい、魔狼フェンリルの毛皮にくっついて三日間も眠っていただろう。そんなに密着して過ごせば、魔力が馴染んで、ヒトの容姿が変化してしまうのは当たり前なんだ〉

あんたのせいかい。というか、待って待って。

「……質問事項が三点。三日も眠っていたんですか？　魔狼フェンリルとは？　魔力が馴染むと容姿が変わることをもっと詳しくお願いします」

〈普通に話さなければもう返事をしない〉

ぷい、と横を向いた。営業用の言葉遣いはお気に召さなかったらしい。

ああマロウ=魔狼、魔法オオカミか！

そしてフェンリルといえば有名なモンスターだ。神獣として書かれることも魔物として書かれることもあったはず。有名なのは北欧神話、とはいえここは明らかに地球ではなさそうだからフェンリルという言葉についてどこまで認識共有されるべきかは未知数だね。

なーるほど。……まじなの？

〈オマエの名前は〉

「あっ。柊（ノエル）と申しま……柊です」

睨まれて訂正した。

キラキラネームなので入社当初からベリーハードモードだった。こればかりは親に苦情を申し立てたいところだな。こいつならからかっていいと同僚女子に目をつけられたきっかけであり、でもこんなふうに卑屈にとらえるような私だから結局うまくやれなかったんじゃないかって落ち込むうう。

〈ノエル。まあ、呼びやすいな〉

ここはファンタジー世界なのでこういう名前の方が馴染みがあるのかな？　オオカミはすらりと名前を口にして流暢（りゅうちょう）な息遣いで呼んでくれてる。

〈エルよ〉

「ノはどこに」

〈ノ、は私が預かった〉

「そんなことができるんですね……」

〈魔法契約だ〉

「私は内容をうかがっていませんので、一方的な搾取はどうかと思います……！」

〈普通に話せ。そして預かっただけだ、まだオマエの体はこのフェルスノゥに馴染んでいないため、名の一文字に魔力を浸透させてから返してやろう。そうすればその凍える体でも外に出ることができるはずだよ〉

「ええと」

私はこのオオカミから離れたら、凍えてしまう。

オオカミの魔力が浸透した名前を返してもらったら、この世界に馴染むことができる？　どこぞの神隠し映画のようなシステムだ。この世界に馴染む……か。

〈名は大事だろう〉

「そうでもないですけど……　〝ノ〟別にいらない……」

頭の中に暗雲を連れてきたのはしつこく渦巻く会社へのトラウマで。最後、会社を去るときに「藤岡柊は」「藤岡柊について」「柊ちゃん〜」ここぞと同情するように呼んできた同僚を思い出してしまって背筋が凍るよう。……今、ノエルって呼ばないで。そんな思いが顔を出す。

オオカミは目を丸くしてこちらを凝視する。

じんわり、何か、胸に沁み出ててくるような感じがある。

〈……苦しかったのだな〉

「……っ何か見えたの？」

ブワッと羞恥心が沸き上がってきて、顔が真っ赤になったのがわかる。ギリギリ奥歯を噛みしめて、唇にはふた粒の血が滲んだ。ガクガクと震える。

子どもみたいに泣き荒れる私をあやして、オオカミ――フェンリルは耳を傾けてくれたから。

「いらない！」

駄目だった私をどうか見ないで。見なかったことにして。まだ、つらかったこと全部を冷静に受け入れられるような強さを持ち合わせていない。ああもっとつらい人もいるだろうに、たったこれだけの失敗なのかもしれないのに、それを見られたくない私はなんて弱いの。

〈では私がもらい受けよう〉

声は妙に重い響きを持っていて、でも私を救うみたいに優しくて、青い目は心配そうにこちらを見ていた。私は……逃げることを許されたような気がしてしまって。うん、うんと頷いた。

〈手をこちらに伸ばせ〉

「……はい……」

オオカミの鼻先に手のひらを当てる。

「う」

私のお腹のあたりに、青白い光の線が渦巻いている。そして紋章のような形になった。

フェンリルはひゅうっと息を吐いて、私は風圧に負けて尻尾にぽふんと背中をつけた。

笑うように喉と胸の毛を揺らしたフェンリルは、ぐわ！　と大口を開け――この紋章をがぶりと食べてしまった。

私の体がキ――ンと冷たくなる。それから驚くほど、周りの感覚が豊かに感じられた。

北風に吹かれた砂粒が地面に打ちつけられてキンとはじける音が、澄んだ空気の中にある葉のかけらがこすれる音が、聞こえる。洞窟の湿った土のにおいに、ツンとした青っぽい針葉樹・植物のにおい。空に吹き抜けてゆく空気の流れを産毛で感じて。ツララの中で水がぽこりと泡をたてているところには、太陽の光の眩しさ。陽はほのかにあたたかく影は凍てつく温度であること。

「すご……！　っう」

〈頭が痛いか？　すぐに慣れるよ。私もフェンリルとして覚醒したときはそうだったようなことを、思い出した。もう随分と昔の話だが〉

すっげー大事なことをさらりと語られたような気がするんですけど。

〈寒さはどうだ？〉

フェンリルがしっぽを退けた。私は土の地面に放り出された。いや乱暴。……寒くはないな。

それよりも、魅惑のモッフモフが遠かったことの方がつらくって。

〈そんなにぎゅうぎゅうくっつかれると愛おしくなるな〉

「だって……私の快適ベッドになってくださいぃ……」

〈っ！　最初にいいよと言ってしまったから、いいよ。こっちにおいで〉

フェンリルは笑いをこらえたようだった。

意外と笑い上戸なのかしらこの獣。

毛並みに埋もれてしまうとちょー心地よくって、もうこれは手放せないなと思った。

体がすごく軽やかだ。さっきまで胸がチクチクと痛かったものも、からりと凍りついてしまったかのよう。

〈ん……名を捧げたが平気そうだな。それに良い顔をしている〉

「そんなお世辞言ったって信じられないですしー」

〈やっと笑った〉

フェンリルに言われて、顔を手のひらで触って唖然とした。口角がふんわり上がって、頬がゆるんで今の私ってば自然な笑顔をしているんじゃない……？　いつぶりだろう、そんなのって。

〈エル、もう一度聞く。ノの字をもらってもいいのか？〉

「えっ？　うん」

なぜかもう一度、意を決したように確認を取られた。

ぶわわわわ！　とフェンリルが白銀の体毛をふくらませた。

お腹のあたりにいた私はポヨンと跳ねてしまい、慌てて摑（つか）まる。……毛が長くなってきている？

それにオーロラのように艶めいてなんて綺麗な姿なの。地面から立ちのぼってくるような冷気が心地よくって、それは私がこの寒い世界に馴染んできたからだろうか。

フェンリルがまぶたを下ろし、開いた瞳はサファイヤのような青だ。

「美オオカミー……！」

〈エルも冬仕様になっているよ。ほら、鏡を見てごらん〉

私はとっさに下を向いて、カバンを手繰り寄せた。化粧ポーチから手鏡を取り出して、その中に映っているウルトラ美少女を見て驚愕(きょうがく)したのだ。白雪の肌に、オーロラホワイトの髪に、青の瞳はフェンリルそっくり。驚いた！　って顔まで可愛(かわい)い。

「誰これぇ!?」

〈エル〉

頭を上げると、氷鏡が一面に張り巡らされていて、どアップで見た私のニューフェイスについ悲鳴を上げてしまった。

❄ 容姿チェンジ（美しすぎるよ）

〈まあ、経緯を教えてやろう。魔狼フェンリルの上に落ちてきたオマエは、夜を三回通りすぎるほどの間眠っていた。ピクリともしなかったから死んでしまったかと心配したくらいだ。よほど疲れていたのだろう。……眠っているエルの体には魔狼の魔力が染み込み、無理に引き剥がすのもかえって危険であったため、観察していた。そしてエルは面白いようにすんなりとフェンリルに馴染んで、変貌を遂げた。半獣人となったのだよ。目覚めてからは自然にフェンリルの言葉を理解していて、親に名前の一文字を捧げた。

魔狼フェンリルとは。この世界に冬の加護を与え、大地を休ませる存在である。人々は時に大精霊とも呼び、私を深く敬っている〉

……………。

……………どこから気にしたらいいんだろう…………。

……とりあえず、魔狼フェンリルって、人にとって悪い存在ではないみたいでほっとしたナー。

魔物というか大精霊なんだ。へぇ――――――――――。

で、私は人ではなくなっているらしい。半獣人だと？

もう一度鏡を見て（氷鏡の方。だってフェンリルが気を利かせて作ってくれたから。さっき悲鳴を上げちゃった分有効活用してるよってアピールしないと……フェンリルのしおれている獣耳（ケモミミ）が持ち上がってくれるように）感嘆のため息をつく。

「誰よこれ……」

〈魔狼フェンリルの愛娘（まなむすめ）だ。オマエの心を表したように美しい〉

「………。ううん、私の心は綺麗じゃないよ」

美少女にしてもらってちょっと舞い上がっていた気持ちが、ズドン、と暗く重く落ち込んだ。

〈エル〉

呼ばれると、気持ちがフェンリルの方に引っ張られる。

〈そう落ち込むな。私も悲しい〉

鼻先がちょっと控えめに押しつけられて、オオカミの顔がすぐ横に来る。澄んだ青の大きな瞳に私が映される。うん本当に綺麗な容姿だよ、でも私の心なんてこんな姿じゃないはずで。あなたには私の重荷を押しつけたよね。

でも寄り添ってくれるその優しさが、安心させてくれて……

「……っ」

〈泣くといい。オマエの心が現れるよ〉

涙が頬を伝って、顎から落ちると、なんと真珠に変わってしまった。まろやかな白の美しい宝石だ。そんな。まさか。

「ああもう、意味が、わからないぃぃぃ……！」

〈よく喋（しゃべ）る子だ。出会い頭に「うるさい」と叱りとばされたことは魔狼として初めての経験だったな〉

「うう、その節は、誠に申し訳ございませんでしたぁ――――っ」

〈ははは！〉

オオカミは愉快そうに笑った。体が揺れて、私がふわふわ揺れる。

〈それでもいいと言っている。愛娘にしたと言っただろう？〉

……頭までふわふわするよ。……この魔狼は私を泣かせる天才なのかもしれない。ずっといい子の仮面をかぶって隠してきた、不器用でネガティブな部分をさらけ出してもあたたかく受け入れてもらえて……涙が、もう、止まらない。手のひらが真珠でいっぱいになってしまった。

〈大切にしておきなさい。オマエの心の声が溢れているんだ〉

すっぽりと獣の尻尾が私を覆って、抗（あらが）えないほどの眠気を誘った。

〈おねむり〉

……すやぁ。となりたいところだけど、一つだけ。

「私の、どこを気に入ってくれたの……？」

〈そうだな……手だ。撫でられると心地よかった〉

何それ、面白い。そういえば、子どもの頃はマッサージが上手って親に褒められたし、野良猫ハーレムを築くほどの撫で上手だったっけ。そんなささやかなことで、気に入ってもらえるんだ。

……嬉（うれ）しい。

手は真珠でいっぱいだから、目覚めたらまた撫でよう。私はまた心地よい眠りに甘えた。

❄ 容姿チェンジ（冬毛というか）

〈おはよう。エル〉

……さっむ――い！

寝起きにフェンリルが話しかけてきたら、凍るような冷たい風が吹きつけてきた。つい、震えながらモゾモゾと毛並みに埋もれる。やっとあたたかくなってきた。

〈オイ、くすぐったい〉

フェンリルが笑っていると、体が揺れる。うっ、ゆりかご効果でまた眠くぅ……でも、妙に寒すぎるんだよね……昨日は涼しさが心地よかったくらいなのに。

「あなたが吐く息、妙に寒いの」

〈ああ、すまない。周りを見てみろ〉

周り？　……うっわぁ――。

あたり一面、雪化粧だ。昨日ちらりと見えていた洞窟の茶色の土肌は、下がふんわりとした雪、上は霜にすっかり覆われている。昨日は、青白い陽光が差してきていた天井の隙間から、雪がはらはらと舞い落ちてくる。

寒すぎるのはズバリ外気のせい？　でも一夜でこの変化はなぜ？

「魔法？」

〈ああそうだ、勘が良い子だ。昨日、エルが名を捧げたことで私が回復したと言っただろう。徐々に力を取り戻し、周りをこの季節にふさわしく変えたんだ〉

「冬の加護を与える大精霊……！」

〈本当によく覚えているな〉

フェンリルは感心したように私を眺めた。

「私、冬まで寝てたのかと思った」

〈ははは！　そのようなことはない。わずか三日だ〉

寝すぎ。まあ思ったよりは短かったけど、私の体どうなってるの？＝白くなってる。いやそうじゃなくてさ。なんかたっぷり寝たからか、やたらと思考が元気だな私。

そして、生まれ変わっているからこそ、感情がすぐに昂ぶるし、口にしてしまうそうだ。そんな大事なことは先に言ってほしかった……けれどフェンリルにはフェンリルのペースがあるのだろう。大事に思うことは、違う。フェンリルの常識では、意思疎通しやすくてラッキーだったらしいから。

頭の上に違和感があって、手を伸ばすと、フワフワとやわらかいものに触れる。

獣耳。私に昨日ついたやつ。フェンリルの愛娘になった証明なんだ。

ちなみにヒトの耳も残っているので、四つ耳なんだよね。やたらと聞こえすぎて変な感じ。

身動きすると、バラバラと周りに真珠が散らばる音を知った。

「これ集めたけど……涙の真珠、どうしたらいい？」

〈首飾りにでもするか？〉

「そういうこともできるの？」

〈雪妖精たちよ〉

フェンリルがとんと軽く前脚を叩きつけると、雪の結晶の魔法陣が現れた。

魔法陣をくぐるように、雪妖精――三〇センチくらいのお人形にカゲロウのような翅(はね)がついた体、ミニ雪だるまにとんがり帽子とコートをつけたような見た目の、可愛らしいのが三体やってきた。

〈〈フェンリル様〉〉

優雅にお辞儀をしてくれる。一糸乱れぬ動きはお芝居を見ているかのようだ。

〈真珠を集めて、私の愛娘のアクセサリーを作ってやってくれ〉

〈〈わかりました〉〉

私の周りで妖精が飛び回ると、リリリリと翅のこすれる音がする。

真珠を手のひらに乗せて待っていると、

〈〈〈メイク・スノージュエル〉〉〉

雪色の魔力がフラフープみたいに雪妖精の周りを舞い、それが真珠を掬(すく)い上げて一つ一つ連ねていく。編んだものは見事なネックレスになった。私の首元に真珠を巻いてくれて、後ろの繋ぎ目に……リップ音。雪妖精にキスされて、頑丈に繋がったみたい。

〈〈〈ごきげんよう〉〉〉

「あっ、はい、ごきげんよう」

妖精たちは優雅なお辞儀をして、光に溶けるように消えてしまった。

〈よく似合う〉

「あ、ありがとう。って雪妖精さんにお礼を言う暇もなかったな……」

フェンリルは首をかしげている。ああ上の立場だから雪妖精を使役することは、当たり前なのかも。雪妖精たちも当たり前のように仕事をして、フェンリルのお礼も待たずに行ってしまったから。

真珠のネックレスなんてする機会なかったから新鮮だなぁ。真珠をなくす心配がなくなったのは助かる。それにしても美少女顔にアクセサリーがよく似合う。

〈あとは尻尾が生えたら立派なフェンリルの愛娘となるだろう。青い爪、白雪の毛皮、獣の耳。ほとんどは完成している。オマエの心がフェンリルに寄り添った証だ〉

「ちょっと待ってぇ……」

〈そのうち生えてくるのではないか？　こうして寄り添っていれば〉

うわ！　もふ！　フェンリルの頬のやわらかい毛に埋もれた。耳が四つって。おかしくない？　もうこっちに来てから何もかもおかしいけど。そう何もかもおかしいんだよ。

「生えちゃったもんは仕方がないんだね……」

深く考えて答えが出るものではない。魔法なんだから。

フェンリルが顔を逸らしてふっと吹き出すと、吐息が大地を凍らせる。

「さむうっ」

〈服を変えたらいい〉

「えっ。買いに行くの？」

〈エルが今着ている服はフェンリルにとっての毛皮として馴染んでいる。白くなっているのがその証だ。夏毛と冬毛のように変化させられるはず〉

「このスーツ私の毛皮になっちゃったの!?　皮膚の一部みたいな？」

〈スーツという服なのか。まあ気にするな、やってみろ〉

とりあえずのゴーサイン。説明とくになし、感覚でゴー。

……どうしよう、こういうのすごく苦手なんだけど。だっていつも失敗をしないように数パターンのプレゼン資料を作って上司に判断を仰いで、難癖のような注文に合わせて作り直し………

プツンと切れた。スーツは白くて爪は青いんだ。それなのに私はいつまで真っ黒ノエルでいるつもりなんだろうって。

思いっきり腕を上に振り上げる。

うるせぇここは会社じゃないんだよ！！！！

――スッキリした、かも。無言バンザイポーズ、鼻からふすんと息が飛び出す。

〈失敗を恐れるな〉

絶妙なタイミングでフェンリルから助言があったから、ビクッとした。

〈半獣人となったエルは生まれたての赤子のようなものだからな〉

「なるほど、だから泣き声よろしく感情を声に出しちゃってても仕方ないってことなのね……」

ダメな部分を確定された。よし、それでいいやー。自分のダメさが甘～く許された。あらゆる意味で泣きそうだ。フェンリルがやわらかな眼差しで私の行動を促す。

〈いっそ一緒に変化してみようか？　私もそろそろ冬毛になろうと思っていたところだ。私と愛娘は魔力が同調するから、変化しやすいはず〉

「手助けとっても助かるよ。完璧に獣みたいになっちゃうってことはないかなぁ……？」

〈オマエに限っては、それはないだろう〉

フェンリルがウインクしてきた。器用だな。

〈自分の毛皮がどう変化するのかイメージしながら、復唱しなさい。〝夏には純白、冬には白雪の聖なる衣。冬の祝福を、女王である魔狼フェンリルが望む。テイストチェンジ〟〉

「――〝テイストチェンジ〟」

ああもう、こんな呪文だなんて、イメージがこれしかできない。もこもこコートにするつもりだったのに、女王様みたいな服が頭から離れないよお……！　すでにスーツが変化し始めているのにどうしよう。

素材感を変えればいいのでは？

ヒート〇ックドレスみたいに！

上着が上品なマントのように広がって私を包んだ。氷みたいに透きとおっている。スーツは白銀に輝く膝丈ドレスになった。雪の結晶を模した氷の装飾が宝石のようにきらめいて、足元はガラスの靴。白のロンググローブ。淡雪のようなペチコート。

土壇場で最善の結果を出すことが習慣づいていた私、やれました。二二歳で魔法少女みたいなこ

とやらかしちゃったけど、今の見た目にならよく似合っているはずだから許されたい……！

あらためて、くるりと見渡してみると、はちゃめちゃにメルヘンだ。

〈なんだそのペラペラの毛皮は……？　まるで姫のドレスのようではないか〉

「こ、こ、この素材あったかいんだよ。今すごく体がポカポカしてるから大丈夫」

〈そうなのか？〉

フェンリルが私から体を離す。でも寒くない。よしっ。

くるりと一回転してみせた。ひらりひらり、ヒート◯ックドレスがなびく。

よしこれでオッケー、自己議論終了!!　フェンリルも頷いてくれてる。あったかいならいいってさ。

「わあ、フェンリルもまた毛並みが良くなったような気がするね……？」

〈冬毛だからな。雪をくっつけない毛艶と、雪原に紛れる純白の体になるんだ〉

「触ってみても？」

〈撫でてよい〉

飛びつくようにフェンリルに寄り添って、腕を大きく動かして、撫でてみた。

こ、これはなんとも……！　心地よくて優しくて、にやけちゃうね。

フェンリルは口角を上げた。

❄ 愛娘を見つめる

（フェンリル視点）

すやすやと眠る白黒まだらの娘がやってきた。現れた当初は、私もだいぶ気が立っていた。得体の知れないものに襲われて怪我でもすれば、私の代で冬フェンリルが終わってしまうと考えた。それくらいあの娘を恐れたのは、本能だった。嚙みつく前に、すんなり眠ってしまったが。

それからはしばらく様子を見ていた。何せ私の毛をぎゅっと握って離れやしない。娘は何度もうなされていて、泣いてこすった目尻は赤くなり、あまりにかわいそうですっかりこちらが目を離せずに寝不足だ。フェンリルの魔力が繋がったところから、冷気を送り込んで不安によどむ心の一部を凍らせた。

フェンリルにとって冷気は活力だ。

なんとも心地さそうな顔をしていて、ああこの者が繋がっているのか、と諦めた。

「うるさい」と言われたことを何度も思い出し、だんだんと面白くなってきた。

フェンリルにそんなことを言う者などこれまでなかった。腹が立つ段階を過ぎてみれば、なんとも興味深い新しい存在だ。そのように考えられたのは、フェンリルの後継者だと私が認めたからだろう。諦めのような認証であったとしても、魔力の繋がりを持ち、自らの同胞を得たということは、こうも特別なのだ。気がかりなことはたくさんあれど、まずはこの愛娘の安寧を、親として祈ってやるのが道理だと、体を折り曲げて小さな娘を包み続けた。

そんな夜を三度越えて、あの子の心を迎えた。

にぎやかな会話をして、また三度の夜を過ごした。

まさかと思った。異なる世界で傷つき壊された心を持っていたこと。かわいそうに。しかし納得がいった、そこにフェンリルの魔力が入り込みやすかったのだ。与えたもののすべてを受け取ってしまうような子で、しかしまだ自我を持てるほどもともと器の大きな人間だったのだろう。

それならば名の剥奪の魔法にも、耐えられると思った。しかし名をいらない、か……。

これほどまでに弱った者を、一年限りで一人前のフェンリルに仕上げられるだろうか？

考えた末、私はノエルに〈名をもらう〉と言った。体を回復させ、できるだけ長く、あの子の側にいてやるために。望んでフェンリルになったわけではない娘なのだから、私は死にゆく一秒前まででも、あの子のために尽くそう。愛娘のことを憂うあまり、あのときばかりは、雪山よりもフェルスノゥ王国よりも優先していたなんて、ユニコーンには知られてはいけないいな。

ふう。

……そんなことを考えていたら、やってきた。

やけにタイミングがいいのは、冬毛となった私の毛並みを撫で回していたエルが、寝てしまうところをしっかりと見計らっていたからだろう。もうしばらく思い出に浸っていたかったのだが。

〈フェンリル様〉

そう呼ぶのは、若い雄のユニコーンだ。名をグレア。

ユニコーン族とは体の癒しに特化した聖獣である。とくに優秀なものが、フェンリルを癒すために補佐として付き従う風習がある。万病に効くといわれる額のツノには、私も随分と世話になった。崖に足を取られた怪我を治してもらい、咳でもすれば喉を癒す。

グレアは特徴的な紫のたてがみを、豊かに揺らした。歩み寄ってくる動きで、月毛の体が青白く光って見える。宵闇のような黒の目がうろんにエルを見ているのは良くないな。額に伸びるツノを光らせて、私を癒そうとしていた。

〈必要ない〉

〈ですが〉

〈そのツノは老いには効かない。知っているな?〉

〈ぐっ……〉

隙あらばこうだ。

若いな、と、グレアが顔を歪(ゆが)める様を見ていて思う。現フェンリルを再生するということを、まだ諦めていないのだから。彼は随分と私のことを慕ってくれている。それこそ、エルに注目する前に、私にまず回復魔法をかけようとする様子からも見て取れる。

〈フェンリル族は代替わりを迎えるべきときに来ている〉

強調すると、グレアは苦しげに眉間にシワを作った。

〈私という個体は、三〇〇年を生きて、もはや満足に冬を呼べないほどに老いてしまっていたからだ。冬に大地を休ませられなければ、世界の自然は滅びてゆく。……しかし。実は本当に必要がな

くなった〉

〈……どういうことですか？〉

グレアの前を横切るように、ひゅうっと息を吹きつける。

外まで冷風が流れていくと、枯れて表皮をボロボロにしていた木がみるみる凍りつき、徐々に幹を太くしていった。まさに、フェンリルが与える冬は、大地を癒し休ませるものなり——。

〈……お力を取り戻されたというのですか!?〉

〈そう荒ぶるな〉

エルが起きるだろう。うめいたエルの体に、尻尾をかけたら、すう、と呼吸が整った。

蹄（ひづめ）で大きな音を出したグレアの脚を、ジロリと見てやると、ググ、と力を入れて直立した。やれやれ、もう暴れるようなことはないだろう。

〈……実は、見ておりました。フェンリル様がその娘の名前の一部をもらい受けるところを。なんとも潤沢な魔力を持つもののようですね、たった一文字の魔力があんなにも輝いているなんて。名捧げの魔力回復などたいしてフェンリル様のお力になれないというのが通例でしたが、まさか冬を呼べるほどに……とは。もしわずかでもお力になれるのであればそして受け取っていただけるのであればぜひ俺の名前の一部も貴方様に捧げたくご検討のほどを……！〉

〈落・ち・着・け〉

トシトシと前足を軽く地面に叩きつけて、いなす。

まったく騒々しい、我慢強いグレアがここまで興奮をあらわにして乱れているとは。

……ユニコーンの集落に赴かせて数日間の連絡をさせたときに、同胞に、文句を言われたのかもしれないな。グレアは集落と確執がある。それでも補佐として己が行くと率先して行くのだが。

〈オマエの名前は三文字だ。生命力の三分の一を手放すなど、いけない〉

〈それはその娘だってそうでしょう〉

〈エルはフェンリル族として継承を授けられたあとだ。よって長く生きる。ほら、その間、補佐のユニコーンが満足に支えてやれなくてどうするのだ？〉

グレアは喉元まで出かかったであろう文句を、呑み下した。それでいい。彼が仕えるべきはもはや私ではなく、生まれたばかりのフェンリルの方だと知ってくれ。育て、癒し、守る。その役割をグレアも担っているのだ。

〈まあ私も回復しており、あと何十年生きられるかはわからないが、長めに付き合うことはできる。ともに子守りとしようじゃないか〉

〈それは……光栄なのですが〉

グレアが苦悶の末に頷いてから、前脚を持ち上げてエルを指した。

〈その娘。あまりに異質です〉

〈ふむ。異世界の娘だと自己申告したのは聞いていたか？〉

〈いいえ。その娘、人間の声と獣の音が混ざるうえ、たいそう取り乱しておりましたから……聞き取りきれませんでした〉

グレアが思案しながら、慎重に話す。

〈雪山には、異世界のものが紛れ込むことが稀にございますね。しかし小道具ばかりで、人間という前例はなかった。トンカチ、回るプロペラ、欠けた茶器など……。雪山周辺だけでなく、世界各地の情報を集めてもそのような例ばかり。異世界の落し物と呼ばれるそれらは、人間たちの暮らしを豊かにしてきました。しかしいきなり、異世界の英知を持った人間そのもの、とは……〉

〈他の地方についてオマエが語るとは珍しいな。勉強していたのか？〉

〈フェンリル様のご回復のために俺が尽力するのは当然のことでございます。異世界の落し物云々についてはその流れで知ることとなりました。そして、その娘についての話に戻りますが、本当に単なる落し物なのかという懸念も〉

どういうことだ、とは聞かないでおく。

言いたいことはわかるからだ。

わざとやってきたのではないか？　と。

エルが落ちてきたとき、魔法陣を経由していた。フェンリルの代替わりのために、フェルスノゥ王国の姫君が移動できるように用意していた召喚魔法陣。

フェルスノゥ王国の姫君は現れず、黒ずくめのノエルが現れて、魔法陣は消えてしまった。

あちらの国にも連絡を取らなくてはいけないな。

〈これから、どうなさるのですか？〉

グレアはただ静かに聞く。

〈現状はただの偶然であると受け入れますか？　獣の姿になりきれない半獣人のこの娘は、はたして正当なフェンリル族なのでしょうか？　異世界人だとして、あちらの世界に戻されないと言い切れますか？　フェンリル様がご回復なさったのはその点良かったと思っておりますが……〉

〈もういい。少々口を閉じていろ〉

どんどんと口が悪くなるな、グレア。そうか、エルが帰っても私が回復しているならと？　思っていても言うものじゃない。

不安もわかる、私への忠誠もわかる。しかし悪い部分ばかり見ていてどうするのだ。

〈エルは素直な良い子だよ〉

〈……〉

〈これまで我慢していたことが多かったから、爆発するように取り乱してしまうこともあったが、それは〝我慢のできる子だった〟ということだ。我慢は、他者をよく思いやって、自分の方を変えようとする者にしかできない。オマエは知らないだろうけど、エルは、理想の自分になりたくて勉強を頑張る子だったみたいだよ。あの子とは話がしやすいんだ。私の少ない言葉から意図を知り、自分が伝えたいことを教えてくれる。そのような会話にするには頭の良さが必要だ。頭の良さは作ることができる、たゆみない努力によって〉

〈……〉

〈信じてみようと思っているんだ〉

〈言い切ってください、フェンリル様。俺はまだ、そのように感じられません〉

〈命じる。仕えなさい〉

〈信じろ、ではなく？〉

〈それはグレアが感じるべきところだから。信じられるようになるさ、大丈夫〉

尻尾をゆらゆら揺すると、ふふ、とエルがほのかに微笑(ほほえ)んだ。

どうだ可愛らしいだろう？

……とグレアを見たところ、まぶたを半分下ろしたどんよりした目でエルのことを見ている。

やれやれ、余裕が足りないのだろうな。まだ三〇年しか生きていないユニコーンなど、エルと同等の子どもみたいなものだから。それでいてフェンリル族の補佐に上り詰めたのだから、彼も大した努力家なのだが、ふむ、グレアも発散すべきかもしれない。

〈オマエも叫ぶといい。今だけは無礼を許す〉

〈フェンリル様に無礼な娘になど好感を抱けませんね！！！〉

これが本音か、まったく……青いな。

喉を鳴らしてしまったら、笑っていただくようなことではございません、と動揺の言葉が聞こえてくる。

グレアはなぜこんなにも不安そうなのだろう。

そうか、途中まで様子を見ていたあと里に報告に行ったのだし、全貌を知らないのか。

〈一番大切なところを保証しよう。エルはすでに私の魔力と完全に同調している。毛皮(スーツ)を冬毛に変えることができ、心への魔力浸透を受け入れ、すべて継承したんだよ。フェンリルとなったことについても、どうやら納得してくれているんだ。しょうがないよ、という感情であったが……私たちの話に耳を傾けてくれる。それは喜ばしいことだと思わないか。通常、フェンリルが代替わりをしたときには、人間であったときの記憶を失ってしまう。幼い獣を一から育てることになる。その点、エルには記憶という土台があるので、自ら考え、選び、我慢することもできるのだろう。我慢をさせるつもりは毛頭ないけどな、愛娘は可愛いので〉

〈フェンリル様、どうか続きを〉

〈ああすまない。たまに、たまらなくなるのだよ。――半獣人であろうとエルはフェンリルである。それは信じろ。素質があったのだ。エルは、自己を残しながらフェンリルとなったから、半獣人の姿であるだけ〉

〈…………受け止めます〉

〈そのうちエルが望んでくれたなら、獣の姿にもなれるだろう。氷色の爪を持っているのだから〉

素直な返事が出てきて、よかった。

グレアは利口だから、納得さえすれば、感情が追いついてないところも解消するだろう。

〈よいかグレア。私とて、前例のない「雄の依り代」だった。歴代の依り代はいつも姫だったが、当時は流行(はや)り病で年頃の姫たちがみな死んでしまったので、一番優秀だった王子がフェンリルとなった――と、そう聞いている。私自身に記憶はないのだがな。しかしフェンリルとしての役割をこなすことができていただろう？　何事も、やってみればうまくいくかもしれないじゃないか。ほら、しょうがないのだ〉

少々ちゃかして言ってから、グレアも遠慮せず発言しなさい、と促してみる。

〈フェンリル様は依り代役の王族としてあらかじめ魔法の使い方などを訓練なさったでしょう。忘れていても体に染み込んでいたはずです。この娘っ……失礼、この方は、無知から始まっております。はたして大地を富ませる役割をこなせるのでしょうか？〉

〈おや。私自身も回復したのを、忘れたのか？〉

〈申し訳ございません！〉

なんと、謝りながらも嬉しそうな声……いや、私がこれからもフェンリルとしてやっていくとは言っていない。エルが魔法を使うとき、補佐をできるという意味だよ。でもこれを伝えると、フェンリル様が補佐ぁ!?　などと荒ぶりそうなので黙っておくか。

そろそろエルが起きそうだ。

〈先のことを憂うならば尚更。エルをゆっくり回復させてやろう〉

〈……フェンリル様。あまりに甘いのでは？〉

む、グレアめ何かを察したか。

〈愛娘だぞ。甘やかして何が悪い〉

私にだって正直に言う権利があるはずなので、クスリと笑って言ってやった。

〈――はるか三〇〇年前の幼狼だった頃、たくさん甘やかされた記憶が、おぼろげにある。先代の魔狼はすぐ死んでしまったが……人間の記憶が消えた私にとって、魔狼から与えられた愛情はかけがえのないものだった。先代が守っていたこの土地を、愛おしく思うことができたのは、愛情を共有したからこそ。エルだって異世界からやってきて、失ったものは多いはずだよ。だから、愛情を

与えることから始めたいんだ〉

〈……………………………納得いたしました。ユニコーンのグレアは、冬姫エル様を補佐いたします〉

〈うむ〉

グレアが丁寧に前脚を折り、頭を地にひれ伏して、最敬礼をする。エルに向けて。

私はひゅうっと吐息を送り、北風を洞窟内に巡らせて、雪に冬中草を芽吹かせた。

今は、冬の癒しの期間であるという合図なのだ。

グレアのあの黒い目が、潤うように光っていた。

❄冬の恵みの魔法陣

朝だー！　……多分？

洞窟の中だけどとても明るくて昼の外みたいなの。天井から差し込んでいる光の筋が、氷の壁に反射して、瞳にぴかぴかと入り込んでくる。うっ、眩しいけれど綺麗。

冬毛になったフェンリルの極上白銀毛皮を撫でると、疲れも嫌な思い出も溶けていくみたい。保温ドレスとはいえ冬毛ベッドに埋もれるとぬくぬく快適度が段違いでずっと埋もれていたいよお……。

きゅーっと音が鳴った。お腹から。……自覚したら、猛烈に何か食べたくなってきた。

こてりと背中からフェンリルの毛並みに倒れた。

〈食べ物が欲しいか〉

「うん」

恥ずかしながらそうなんです。それにしても寝起きにフェンリルの顔のドアップ、どうしてもびっくりしてしまうな。巨大オオカミだから。

すらりと伸びた鼻筋が、私の頬めがけてツンと当てられた。

「あれ……鼻先が乾いてる？　体調は大丈夫？」

たしかオオカミはイヌ科イヌ属。鼻が湿っているのが通常で、それは風向きを知るためとにおいを嗅ぎ分けるために大切なことだったはずだ。乾いているときには病気の可能性もあるとか……。

〈大丈夫だよエル。これは冬フェンリルの特徴なのだ。鼻が湿っていたら、凍ってしまうだろう？〉

なんだか現実的な理由だったのが面白くて、笑っちゃった。

こんなときにまたお腹がきゅーっとなるんだから。恥ずかしー……。

〈狩りに行くか〉

「狩り!?　いきなりハードルが高いというか……わ、私、こないだみたいなリンゴがいいな」

狩りってことは戦って捌くところまで全部だよね？　普通に無理だ。そしてフェンリルは獣だから、私が捌くのまでやらなきゃいけない気がする……血みどろスプラッタはちょっと無理。

それにこの大きなフェンリルが狩る生き物って、イノシシとかそういうガチな奴なんじゃ？

冷や汗が止まらないな。

フェンリルのため息が私の髪をキラキラとなびかせる。

〈果実は、先日エルが食べたものが最後だ〉

「……そう、なの？　事情を聞いてもいいかな……」

嫌な予感がする。

〈この山の自然は、とても弱っているんだよ〉

フェンリルは私を乗せたまま、ゆっくりと洞窟の出口に移動する。

くすんだ黒茶色の景色が広がっていた。

連なった山々はゴツゴツした岩肌をさらしている。もっとよく目を凝らすと、風に岩肌が削られて至るところで崩れかけていることがわかった。岩が地面に落ちると、乾いた土ぼこりが舞う。あのような地面では植物も伸びないんだろう。平原は灰色で、栄養不足で色が抜けた草がしおれて横たわっている。木は葉の一つもなく、細い枝をさらしていて、ぽきりぽきりと折れてしまった。それが大地の栄養になることもないのは、空気が乾いていて肥料にならないから。

食べるものがない動物たちはやせ細り、キイキイと余裕のない悲鳴を上げている。大地にポトリと落ちている白骨化した死骸が、むなしかった。

ただただ凍えるように寒い。

実りのない暗い光景。

北風の物理的な寒さとは別に、私は自分の腕をさすった。

「………………」

なんて言っていいか、わからない。
リ、リンゴ……食べちゃった。特別おいしいやつ。
〈エルが食べた果物は動物からの気持ちの品だった。どうか元気になるようにと。だからそんなふうに気負わなくていいよ〉

「……わ、私……。こんなこと知らなかった。外が荒れているのに、洞窟の中でぬくぬくとフェンリルに寝かしてもらってて。知らなかったんだよ。……他の人がつらいのに、自分だけ安全だってさ、すごく心が痛いんだね」

フェンリルはきっとよく知っていたんだ。こんな風景の中で、自分が守られるべき存在である痛みも。あの優しい目が、特別悲しい色を帯びている。

私はつっかえながら、ずっと言えなくなっていた言葉を、口にした。

口にすることができたんだ。

「っどうしたらいいか、教えて、もらえませんか……！　教えてください。お願いします。私は……フェンリルの魔力を受け継いでいて、フェンリルは大地を休ませることができる大精霊で、きっとできることがあるんじゃないでしょうか？　未熟かもしれないけれど、何かやらせてほしいです。……頑張りますから」

気合いだけで仕事ができるとでも思ってんの？　という上司の言葉がどろりと思い出される。

あれから私は「頑張ります」なんて理想論を言えなくなっていた。

今も、頭を下げた姿勢から、フェンリルの顔を見ることができない。怖くて。

〈……そんなふうに自己犠牲させたくて見せたわけじゃないんだ。すまない〉

「ちがっ」

背中にいる私を振り返っているフェンリルは、獣耳が見事なまでに伏せている。

…………っもう！　私しっかりしなよ、エルなんでしょう。

白い髪に、遠くの音もとらえる獣耳に、世界を見渡せる青い目を持った、私はエルでしょうに。

何もできなかったノエルじゃない。顔を上げたら、涙の真珠がこぼれた。

「あのね、気持ちを聞いてほしい。急に森にやってきた私に、最後の貴重なリンゴを分けてくれた動物たちやフェンリルに感謝しているから……お返ししたいの。お礼の気持ちなの」

〈おや、敬語ではなく普通に話してくれた〉

フェンリルが、ふ、と肩の力を抜いた。乗っていた私の位置がすとんと下がる。

こんなタイミングで、またお腹がきゅ――っと鳴る。

え――!?　ちょっとー！

〈ははは！〉

フェンリルが笑ってくれてよかったよ……はあ……。

横腹をつねって自分のお腹を責めていると、フェンリルはしばらく沈黙した。

思案している時間が長い。悩んでいるの？　なんでもいいから言ってほしい。こちらを向いている乾いた鼻先を撫でる。

〈エル。冬の癒しをやってみないか？〉

「……冬の癒し……？」

　こてんと首をかしげてしまった。なんだろう。

　フェンリルが遠くの景色を眺めたので、私も一緒に目を凝らす。

　隣の山の頂（いただき）に、崖が出っぱったような場所がある。

　某ライオンの王映画みたいな、山々を見下ろせるような特別高い頂。

〈この森林周辺にはしばらく冬が訪れていないんだ。約五年ほど。そのため水分と魔力が足りず、植物が弱り、動物たちもやせてしまった。この私フェンリルの力が足りずに、冬の癒しを与えられなかったから……〉

　フェンリルがあまりにつらそうだから、首元をそうっと撫でる。

　力が足りずに、とかよくわからないけれど、優先順位は、私が恩返しをすることだ。

「やり方を聞かせて」

〈魔狼フェンリルが呼ぶ冬には、癒しの力がある。洞窟に少しだけあった氷や雪を覚えているね？あのような雪や氷の下で、大地はゆっくり癒され、冬仕様になった植物には、たっぷりの栄養と魔力が詰まっていて動物の素晴らしい糧となる。動物も冬毛になり、雪原を駆け回ると植物の種を拡散する。そうして世界が豊かになっていく。

　やり方については、魔法陣をフェンリルが描くんだ。豊かな冬をイメージして、祈りの咆哮（ほうこう）を上

げる〉

ごくり、と唾を飲む。

やっべえ、感覚でゴーすぎるじゃん……。

「……ッ」

ちょっと言葉が出てこない。私ってば、冬の雪景色を知らないんだよ！　南方育ちだから。

思い出といえば、雪がチラチラと落ちてきたらその年は大当たりというくらい、雪雲が来なかった。家の外に卵パックに水を入れたものを置いておいても、凍らなかったり。ツララ何それ？　ってくらい見たことがない。霜柱は幻の存在だ。なんだっけ、土の中で氷が縦になるんだよね。わからん。

それなのに冬をイメージだって……!?

ああ雪国旅行とかしとけばよかった。社畜すぎて暇がなかった。

フェンリルがカクリと頭を下げたので、私はつるんっと毛を滑るように落ちてしまい、真正面から、懇願する獣の顔を見ることになった。

〈頼む〉

この言葉を言うために、フェンリルはさっきあんなに長く悩んでいたんだ。

ざわざわっと空気が動いた。

…………!?　動物たちの視線を感じる。これまでフェンリルが感じていた重圧を強制体感することになり、背に嫌な汗が滲んだ。命がかかっている。動物も植物も私のことを見定めている。

そんな大変なことをもし、失敗したら……

フェンリルがふわりと頬をすり寄せてくる。労るような言葉を私にくれる。

〈すまない。勝手なことを言いすぎたな〉

「違う、そんな顔をさせるつもりない……！」

〈エル〉

「……深呼吸だけさせて。あのね……意見が欲しい、私って魔法を使えますか？ 私は冬を知らないの。それに、ファンタジー世界とは違って故郷には魔法がないんだよ……」

フェンリルが驚きのあまり口をかぱりと開けた。

不安でこぼれた涙は真珠になってフェンリルの鼻先に当たり、雪の結晶のような花が咲いた。

〈魔法をもう使っているじゃないか？ 涙を真珠に変えて、スーツとやらをドレスにした〉

「それは……訳のわからないまま、なんとなく？ 果たして魔法であるのか」

〈定義的な話をしてもしかたがないよ。エルは望みを魔力に乗せて現実に現す力を持っている。魔法を使う本能はきちんとある。なんとなく、でいいんだよ。感性に身をまかせて、あとは他者を思いやるオマエの優しい気持ちがあるのだから。大丈夫〉

フェンリルの言葉が私に染み込んでいく。

〈エルは私の愛娘なのだから。信じている〉

――――……っ！

「……………………やりたいよ」

フェンリルが少し刮目(かつもく)して、やんわりと目元を和らげた。

あ……この表情が好き。

すごく安心させてくれるの。

〈おいで。ああ、グレアも一緒にだ〉

「？」

〈お呼びになりましたか〉

「ひっ⁉」

すぐ後ろで声がしたから鳥肌たてて悲鳴を上げてしまった……。気配がなさすぎるよ。忍者かよ。

がばっと振り返ると、月毛に紫色のたてがみの大きな馬がこちらを見下ろしている。太陽の逆光で、暗い迫力がある。それから額には燦然(さんぜん)と輝く、一角ぅ？

「ユニコーン」

予想が口をついて出た。

フン、とあちらが鼻息を漏らした。なんか態度悪くない？

聖なるユニコーンといえばさ、癒しの魔法を使う清らかで美しい存在であるはずだ。

けどフェンリルの方が清らかな感じがするよね。

〈いかにもユニコーンでございます。さあ冬姫様、フェンリル様が歩み始めておりますので追ってください。お待たせするなど言語道断。足を進めて、いえ違いますねもっと優雅に、つんのめっている場合ではございませんよ〉

な、なになになに⁉

対応がぞんざい。それから背中をぐいぐい押してくるのはやめてほしい。額にツノがあるんだからね、刺さりそうで怖いんだって！　ユニコーンってこんなんだっけえ⁉

「そういえばユニコーンって見た目は綺麗でも獰猛なんだっけ！　あっ」

口に出しちゃってた……。

あ――ユニコーンの額に青筋浮かんでるじゃん。

〈グレアと申します。ユニコーン族の性根については獰猛根腐れ陰険野郎と言われても構いません。このたびフェンリル族の継承をされました冬姫様の補佐を務めさせていただく俺の言葉にのみ耳を傾けていただけるのであればそれ以上は望みません。ので〉

「そこまで言ってないよ。ええ……」

ねえ。卑屈が過ぎる。こんなメンタルダークネスさん見たことないよ。

知識だけ利用してくれって言われても……過去に何かあったのかな。ちょ、この馬が補佐官？

「フェンリルに甘やかされまくっているからまた厳しくされるのが嫌すぎる……」

〈なんですって？〉

また口に出ちゃってたし、このグレアさんめちゃくちゃ怒るじゃん――上司っていうよりは子どもの癇癪ってタイプの怒り方だからトラウマ誘発されないのが救いだろうか。

逃げちゃ、ダメだ。

このユニコーンさんも一緒に行くんでしょ？

じゃあどうしたらいいかな。ねえ、エル。

〈――何をなさいます⁉〉

「乗れた！」

半獣人の本能にまかせてみた結果……私の体は軽やかにジャンプして、ユニコーンさんに飛び乗っていた。

こんなもん感覚でゴーしないと絶対できないよね。今だって「やっちまったな」ってガクブルしてるもん。

「ええと、フェンリルが待ってくれていて、これからあの山の頂に登るってことは！　私が歩いていったんじゃ二人に追いつけるはずないですし！　だから運んでくれませんか？　補佐さん」

〈……あと出しでご要望ですか〉

「だって早くって」

しまった言い訳くさかったか。ユニコーンさんが、ジロリと私を振り返る。

そして、ため息が吐かれた。私はビクッと震えた。

〈こら。いいだろうグレア？〉

遠くからフェンリルが北風に声を乗せて届ける。

〈仰せのままに、と言おうとしたところです〉

ピンチになったら助けてくれる。そんなフェンリルだからこそやっぱり助けたいし、元気になってほしいなと思う。グレアさんは前を向いてくれた。

〈落ちないように、冬姫様〉

「うん、半獣人になったからか運動能力上がってるみたいなの。わっ」

ピョーンピョーン、とグレアさんがその場ジャンプをキメてくるだと……！　明らかに私を試している。このっ、いい度胸していらっしゃいますね補佐さんめ。

この人（というか馬だけど）ひねくれてる。

がっしりと摑まった。離れるもんか。

グレアさんはひねくれてるし暗いけど、フェンリルを心配しているはずで、志が同じであるなら、きっと私と協力プレイしてくれるんじゃないかなって。

「……グレアさん！」

〈なんでしょう。そんな思い切ったふうに呼ばれるとは、厄介な予感しかしませんが。手短に〉

「もしよかったら敬語なしで話してもいいかな。私とフェンリルもそうだから、親しくなれたらいいなという気持ちと、これからよろしくお願いしますの気持ちを込めて」

〈非常識です！〉

「どこがか教えてもらえませんかー!?」

かぶせるように言う。勢いだ。グレアさんがまた後ろを向いたから、目を逸らさない。こっわい。

〈いいですか、ユニコーンがフェンリル様に敬意なく話しかけるなどあり得ません。長い年月をかけて築かれたのが、補佐と大精霊の関係です。ご自分がその渦中にいると自覚いただかなくては、まっっっったくもって困りますね！〉

「砕けた物言いしてくれてんじゃん……」

〈どこが？〉

やけに〈つっつっ〉とか面白い話し方するところとか。

グレアさんは、プライドを持っていて、時に獰猛で、煽ったら崩壊するんだな。

よしわかった。

「私がふさわしいか見極めるいい機会になると思いますっ」

〈ほーお。その発言忘れませんよ〉

「ぎゃん！」

グレアさんが走り出した！

滑るように早く、大地を馬の脚がとらえる。障害物をジャンプして越えるたびに、大きく揺れる。人を乗せることに慣れていないんだ。というかユニコーンに乗ったのなんて私が初めてなのかもしれない……。

必死に首に摑まる。たてがみを腕に抱き込むようにして。

ん？　前方からは軽快なフェンリルの笑い声が聞こえてくる。どうして笑っているのかちょっと理解できないな。何か言ったみたいだけど叩きつけるような風でよく聞こえない。

ああああグレアさんがスピードアップしたあああああ！

崖の手前で、いったん止まった。フェンリルとも合流する。

私はぜえぜえと肩で呼吸をして、くたりとグレアさんの首にもたれかかった。

〈及第点です〉

「おっしゃあ……」

〈言葉遣い！〉

「疲れているときは許してえ……プライベートだし。ちゃんとするときはちゃんとするので……」

〈グレア。私が頼んだんだよ。エルには私の愛娘になってほしいから、堅苦しく話すなと〉

〈存じ上げておりますが、おっしゃあは駄目でしょう〉

〈駄目なのか？〉

〈スラングです〉

英語？　言語が交ざっているなあ。和製英語みたいな翻訳をされていると考えたら、自然な喋り方なのかもしれない。しかしスラングときたか。

〈エル、休憩するか？〉

「大丈夫」

ガッツポーズ。だってフェンリルってば私のことを心配して中断してしまいそうな雰囲気だもん。そんなこと提案されたら、今の勢いが保てなくなってしまいそうだよ。できない私に戻りたくない。

〈そうか。ではこの崖を越えていく。魔法を使う見本を見せよう、エル〉

フェンリルが大きく息を吸い込んで、胸をふくらませる。ふう――――！

吹きつけた息があっという間に凍りつき、崖には、氷の架け橋ができあがったの。

すごい。魔法だ。

私はこの光景を見て、某氷のお姫様の映画を思い出していた。

ありのままで、イメージを形にするんだよ。


山の頂にたどり着いた。

グレアさんが脚を折って体を低くしてくれたので、ふらふらしながら降りる。

「わあ……！　遠くまで見える。広いね……山々に、平原、遠くには街も見える。街並みはロシアのサンクトペテルブルクに似てるかな。お城はノイシュバンシュタイン城に似ている……。これを全部、フェンリルが守っていたの？」

〈この世界のすべてをだ。フェンリルが豊かな冬を呼ばねば、春の芽吹きに繋がらない。春が芽吹かねば、夏の潤いが足りなくなる。夏の潤いがなければ、秋の紅葉が染まりきらない。葉が育たなければ、落葉で土壌を富ませることができないままに、また冬がやってくる〉

「繋がっているんだね」

フェンリルの前脚に触れて、撫でた。

この五年間で大地を枯らしてしまって、さぞやるせなかっただろう。

私の、「三年目までは頑張りなさい」とか言われてた苦しみなんて比べものにならない……。何百年も守ってきたものを守れなくなってしまうなんて。比べるようなものではないとわかっていても。

〈エルは聡明だ。でも私の苦しみまで受け取らなくてもいいんだよ。悲しい顔をするな。……そんなことまでできてしまうのか、オマエの器は。私はうかつに落ち込んでいられないな〉

「おかしなことしてた？」

〈私に同調してくれていたようだ。魔力の波動が同じになっている。今、かもしれないな——〉

フェンリルが頂に足を進める。

私も行こう……。

いざ頂に登ってみると足がすくみそうになる。

ヒュオオオ……と断崖絶壁の下では荒っぽい風が吹き荒れている。木の幹がパキパキと音を立てている。つい下を見てしまってくらりと引き寄せられかけて、あわてて足を踏ん張る。高いところは苦手じゃなかった、けれどここの迫力は群を抜いている。

そろりそろり、と歩んでフェンリルの側に行き、唇を引き結んで空を見た。

「始めてっ」

〈ああ〉

勢いが大事!!　私がそう思っているのが伝わったのか、魔法は始まった。

フェンリルが、右の前足をドン！　と地面に叩きつける。

ぶわりとオーロラが足元から立ちのぼり、フェンリルの毛並みに鮮やかに映り込む。そのゆらめきは私たちの心臓の鼓動と同じリズム。ブルー、グリーン、イエロー、オレンジと混ざっている不思議な色合いが、ゆらゆらと……。

姿勢を低くしたフェンリルが、喉を大きくふくらませ、ぐっと上体をもたげて、大口を開ける。

〈グオオ————ン!!〉

ああ……体の奥底が冷たい！　何これ……こみ上げてくる。

けほっと咳をしたら冷たい吐息が吐き出されて、そのままひゅうっと崖の方に吸い込まれていった。あ、崖には雪のような花が咲いた……魔力を使った魔法、こ、こ、こ、こういうこと？

うまく説明できない、感覚で知るしかないものを覚えていく。

〈よし、結界を張る〉

「フェンリル……教えてくれてありがとう」

フェンリルは目をやんわりと曲げて、笑っていた。

山頂を起点に、魔法文字が円状に溢れていって、魔法陣が描かれていく……。

……私の体からも魔法文字が溢れ出て、フェンリルの魔力と、混ざり合った魔法陣となった。

〈グオオ――――――ン!!〉

魔法陣がぶわっと輝く。はるか遠くまでその範囲を広げていく。野を越え山を越えて、街を越え地平線を越えて、この世界の端まできっと届いてるんだろう。世界を守っているんだから。

大地からオーロラが立ちのぼっている。

〈まさかもう魔法陣を描く手伝いをしてくれるとは。……エル、オマエからも祈りを捧げてくれたんだね。復唱してくれるか〉

「う、うん。叫びだけじゃなく、様式があるんだね？」

よかった、私も獣の遠吠えをすべきかと悩んでいたから。

〈雪と氷に覆われる冬をイメージして……〉

思い描くのは「憧れの冬」だ。本物の雪国は知らないけれど、きっと私がイメージできるものでいい。フェンリルにふさわしい綺麗な景色を。映画の中のような冬。

よし、ってこくりと頷いた。

〈「〝魔狼フェンリルが望む。湖には氷、森林には雪、空には雲の薄衣。大地に恵みを、世界に癒しを。――冬よ、来い〟」〉

ふわっ……と冷風が穏やかに吹いて、私の髪とドレスをわずかになびかせた。

私の中から冬が生まれていく、不思議な感覚。

なんとなく……こうすればいい気がするの。

足をタン！　と地面に叩きつけた。

そのまま踊るように一回転。

波紋のように魔法が溢れて、魔法陣の円が何度も一帯に広がり、世界を白銀に染めていく。


――冬が、来た。

魔力の波動は繰り返し大地に染み入り、深く深く、土の中を凍らせていく。地表にとどまった魔力はふんわりとした淡雪になって積もる。この下で植物がぐんぐん育っていくはずだ。草が長く伸びて冬の実をつけて、木は深緑の枝葉を茂らせて、動物たちの糧と住処(すみか)になるように。私にリンゴを分けてくれた小鳥たちも救われてほしいな。

細かな雪がふわりふわりと空から落ちてきて。

見渡す限り一面が、白く、夢のような雪景色になった。

とってもいい感じじゃないの？

「できたあ――――！」

開放感のあまり、バンザイポーズで喜んでしまった。ぴょこぴょこと飛び跳ねて、滑りかけた。

ちょっと勢い、出すぎた。赤面してそろりと振り返ると、フェンリルが微笑んでいる。

〈エル。ありがとう〉

どきんと心臓が跳ねた。

ありがとう？　私が上手にお手伝いできて、褒めてもらえたの？　本当に？

なんだか信じられないような、でも現実じゃなきゃ許さないんだからねって心地だ。

どういたしまして？　こちらこそありがとう？　私の口から言葉は出てこなくて。

ヘナヘナと座り込んでしまった。

それから三分。

「ごめんもう大丈夫……復活した！」

〈冗談みたいな魔力量でいらっしゃる……〉

膝についた雪をはらって立ち上がった私に、グレアさんが真顔で愚痴る。

隣で雪景色をずうっと見ていたフェンリルが、フフと笑った。

〈このような冬をずっと望んでいたのだ。まだ生きているうちに、目にすることができるとは。私

は幸福だよ、エル。愛娘になってくれたのがオマエでよかった〉

〈ありがとうございます。冬を呼んでくださったことも、フェンリル様を回復させてくださったことも。その点、心より感謝申し上げます〉

心臓が凍りつくかと思った。びっくりした……。

あ、頭を下げないで。

でもそう言うより前に、小鳥たちが私に群がってきて、対応に精いっぱいになってしまう。

「うわっぷ、ええと、お、お礼なんていいんだよ……？　こっちがお礼をさせてもらっただけなの。みんなが助けてくれたのが先なの。ありがとう。あの、リンゴみたいな果物美味しかったです！　だから私もさっき草の実を生やしてね……どうかたくさん食べてね。食べられるものをイメージしたからね。えっと、羽根の一本を置いていくのはどういう儀式なの？　フェンリル〜！」

〈鳥魔物の最上級の礼だ。怪我をするようなとき、一度だけ身代わりになってくれる宝だよ〉

〈鳥類とも意思疎通なさるとは……。冬姫様の、四つ耳の効力果たしてどこまで規格外なのやら〉

ふえっぷしゅ！　くしゃみをすると、鳥たちが飛び去っていった。私は羽根まみれだ。

フェンリルが雪妖精を呼んで、羽根をドレスに縫いつけるように頼んでくれる。

〈〈〈ごきげんよう。冬姫様〉〉〉

「ああ、うん……また、冬姫様？　そういえばそれってなんなの？」

〈認められたのだよ、エルは。フェンリルの意思を継ぐのが〝冬姫〟だ。魔物に宝を贈られ、雪妖精に冬姫様と呼ばれ、ユニコーンには癒しの力を提供される。……先ほどグレアは機会を逃したよ

うだがな。フフ〉

〈冬姫様が頑丈すぎるのですよ〉

ふいっとグレアさんが顔を逸らした。ああさっき、座り込んだ私を回復させようとしてくれていたの？

けっこう前から冬姫様って呼んで触らせてくれていたグレアさんって、私を早くから認めてくれていたのかな。ツンデレというやつなのか……。

〈冬姫エルよ〉

「フェンリル!?　照れくさいってば」

〈これからみんなそう呼ぶから慣れるよ。気負わなくてもいい、私も側にいられるのだから〉

フェンリルが、私に頬をすり寄せてきてくれる。

あ、大きな獣耳が、フェンリルの頭上でふわふわと立っている。さっきはぺしゃんこだったのに。

一番こうなったらいいなと思っていたことが叶(かな)った。心が元気になってくれてよかった。

ぐ――――。

もう限界です、とばかりに私のお腹が鳴り響く……。

フェンリルが噴き出して、グレアさんがものすごい顔を顰めている。

白フクロウが私の元にやってきた。すごく大きくてモッフリしてる……！

〈冬姫様、冬姫様。これは森の中で最も早く生(な)った果実なのです〉

熟(う)れた赤色の実を恭しく差し出される。冬を呼ぶとき、私がイメージした果実そのものだ。

〈お食べ。エルが初めて呼んだ冬の恵みは、どのような味がするだろう？〉

「――いただきます」

フェンリルたちに毒見させるわけにもいくまい。まあそんなつもりはない発言だっただろうけど。

一番、エル、いきます！　かじると、しゃくっとみずみずしい歯ごたえ。甘酸っぱい味がじゅわりと広がる。お腹のあたりに魔力を吸収したようだ。私が望んだ通り、みんなを元気にさせる果実。

夢中で食べる。

とても美味しかった。

フクロウさんたちも食べてねと手を振ると、翼で執事のような礼をして、飛んでいった。

「二人も食べよう？」

〈他の動物たちが先でいい。希少種族の私たちはしばらく食べなくても死なないからな〉

〈フェンリル様に倣(なら)います。尊い御心のままに〉

驚いた。フェンリルとグレアは我慢するつもりらしい。えらいね。

でもなんとかならないかな。せっかく魔法が使えるようになったんだから。

そうだ、冬の魔法で食べ物が実る。崖に雪の花が咲いたときのことを思い出して。

……真珠のひとつを、雪の中に埋めてみる。

〈何をやっているんだ？〉

踏みつけてっ！　さっきの魔力解放を思い出しながら、祈る。

クリスマスツリーのような樹木をイメージ。モミの木にはツリー飾りのような丸い果実が実っていて、プレゼントみたいに美味しくて。魔力をたくさん回復してほしいから私の魔力を込める。

雪の中から、植物の芽が出た。よしっ、真珠が変化した！

にょきにょきと大きく成長したツリーは、飾りが実り、てっぺんに星が輝いた。

はちゃめちゃにメルヘンなものを生んでしまったな！　冬景色に合っているからいいよね。

「はい」

果実をもいで渡すと、フェンリルとグレアがぽかんと口を開けている。

珍しい顔！　ふふ。……うまくいきすぎて私も驚いてるけどさ。

今はそれよりも、

「一緒に食べたくて。ね？」

〈……ああ〉

〈い、いただきます〉

三人で山の頂で食べる果実は、元の味よりも三倍美味しくなってる気がするよ～。なーんて。

はあ、お腹いっぱい。フェンリルたちは体が大きいから果実をいくつも食べた。それでも少なすぎない？　って思ったけれど、魔力が回復したから元気に動けるんだって。満腹まで食べてしまうと動きにくい、って野生界の獣らしい発言を聞いた。

山頂に一本だけそびえる巨大クリスマスツリーの下で。

一緒に雪を丸めたり、新雪に足跡をつけたり、私が憧れていた雪遊びをしてもらった。

帰るとき。

〈……くっ、今だけですからね。参りますよ、冬姫様〉

「えーと、乗せてくれるのね？　エルでもいいよ、敬ってくれる気持ちはわかったし。グレアさん」

〈俺にフェンリル一族を敬うことをやめろというのですか⁉　たとえ冬姫様のおっしゃることでもお断り申し上げます！　こちらこそグレアとお呼びください。……エル様！〉

だいぶ砕けてくれたな。

ぷりぷりと怒りながらも補佐として仕事してくれてるし、私からの拙い相談に譲歩してくれるし、厄介な言い回しはひとつの個性だと考えることにした。それなら怖くなくて、付き合いやすいしね。

〈帰りはオマエたちが先に行ってごらん。私は後から追いかける。騎馬の練習としよう〉

〈フェンリル様の仰せのままに〉

「グレア。ハイヨー！」

〝ヒヒィイン！〟

グレアははしゃいだ私への文句の代わりに大きく嘶(いなな)いてから、すっ飛ばし始める。ひゃ――――！

風を切るグレアの走行はさっきよりもなめらかだ。楽しくって、夢中でたてがみに摑まった。

月毛はきらきらと輝いて、紫のたてがみはやわらかくて、頬を包んでくれて気持ちいい。

〈不気味な笑い声は抑えていただけますか、エル様〉

笑い声が漏れていたらしい。そしてグレアには不評である。

「あなたの紫のたてがみがとっても素敵なんだもん」

〈…………〉

グレアは黙った。

もしかして嬉しい一言だった……？　それとも能天気すぎだって呆(あき)れられちゃったかな。

そんなことをちらりと考えてたけど、騎乗での雪景色は、私の意識を感動へとさらっていった。

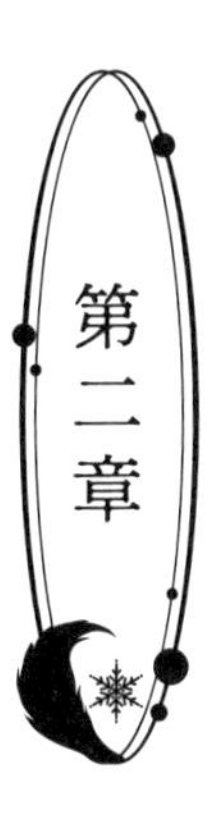

第二章

冬姫の補佐の苦悩

（グレア視点）

俺はあの娘が嫌いだった。

実に奇妙。フェルスノゥの姫君がやってくるはずの契約魔法陣を使い、異世界からやってきたなどと発言。黒髪黒目のくたびれた姿で姫君の代わりなどと、おこがましいと憤怒していた。

さらにフェンリル様に暴言を吐きまくる始末なのだ。岩陰から見ていたが、フェンリル様をベッド扱いするなど……！　すぐにでも飛び出していって叱りたい心地だった。ありえない。

俺の言葉がフェンリル様に届かなかったのも悔しいところで。

〈あの娘は非常識が過ぎます〉

フェンリル族のこれからを憂いての言葉だった。

それなのに返ってくる言葉は、

〈まあよいではないか〉

良くないから申し上げているのです!!　と、噛みつきたい気持ちをぐっとこらえて。

フェンリル様の毛並みにのしかかり、すやすや眠っている彼女を眺めてため息をついた。

先ほどの冬を呼ぶところを見てから、やっと少しずつ認められるようになってきたけど、しかし。

〈はたして次期フェンリルとしてのご自覚があるのか……〉

〈エルが選んでくれて初めて、私たちは教える立場になれるんだよ。あの子が次期フェンリルを目指してくれるかは、私たち次第だろうな。ゆっくりと育んでみればよい。今年の冬は来たのだから〉

まるでしょうがない子どものダダを聞いてやっているような返事をされてしまい、大変不服だ。

おいエル様、フェンリル様の冬毛を引っつかむな。よだれを垂らしたら承知しませんよ!?

俺は、今代のフェンリル様を慕っている。

初めてお会いしてからずっと。

外に出てみると、夜空はあの日の思い出を呼び起こすように暗かった。

――昔、俺が生後一〇年目の冬を迎えた頃、ユニコーンとしての教育が始まるはずの日。しかし直前になって、俺だけ勉学の席をはずすことを言い渡された。聖なる泉の端の木陰に追いやられて、暗闇の中で同期の様子をうかがっているしかできなかった。紫のたてがみは、こんな暗闇にこそよく馴染むのだ。

ユニコーンらしくないグレア。

尊き大精霊とお揃（そろ）いの白銀をもたない子など、隠しておかねばならない。忌まわしい。

そのように言われ続けて、俺はそうなのだろうと、諦めしか知らなかった。

しかし現れたフェンリル様はおっしゃった。

たしか生まれた数が合わない、森の生き物は等しく加護を受けるべきであると、俺を捜して。

紫のたてがみを見つけると、

〈雪の中でも見つけやすくてよい〉

……と。あの美しい顔で微笑んでくださった。

祝福の鐘が鳴った幻聴を聞いた。誰がなんといおうとこれが俺の現実だと、決めた。

今代のフェンリル様を生涯崇め奉ろう、という意思が確定した。

それからはユニコーンたちにどんなに拒否されようと馬鹿にされようと、勉学の場に何がなんでも割り入って、雪山の知識習得と癒しの魔法習得に精を出した。同期よりも優秀になり、ついに、フェンリル様の補佐となる権利を得た！　…………。

俺の前脚には、細かな傷跡が目立つ。獰猛、とエル様が称した通り、ユニコーンは気性が荒いためまさに戦闘というような〝割り入る〟だったな。後悔はない。俺に傷があろうと、たてがみが紫だろうと、フェンリル様は変わらず美しいのだから。

そのフェンリル様の補佐に戻ることはもう叶わない。

代替わりの時期が来てしまったから。

新たなフェンリル様への継承が完了したのは喜ばしいことのはずだけど、モヤモヤしていた。目的を失ったわけだから。やってきた娘のことを冬姫様と呼んでから、俺はずっと考え続けている。

俺にとって一番優先すべきことはなんだ？　フェンリル様の長寿と安寧であるのか、雪山を保つという補佐の定義であるのか、それともフェンリル様に執着する自分自身であるのか。

ここにいたい。

そのために必要なことを必要なだけ、するだけさ。

必要なことを、必要なことを、必要なことを必要なだけ……………よしっ。

補佐としてよくできるグレアになれ。そしてフェンリル様のお側にいさせていただけたなら、そのうち答えは出るだろう。

時間はあるのだから。

エル様が与えてくれた。

そのことを考えると、ジワリと視界が歪む。

夜空に流れ星がひとすじ、きらめきを現していった。

しんしんと、雪が降り積もっている。それなのに夜空は晴れて月が顔を見せている。こ、い、い、い、い、い、これまで見たこともない、眩しく軽やかな冬が来た。


洞窟に帰ると、エル様は寝相が悪く、脚でフェンリル様の尻尾を挟むようにしていた。

おい！！！！

さっきまでの感傷やら感動を返せ。

冬を呼んだあとなので、疲れきってピクリとも動かないエル様を想定していたのに、俺の回復魔法はいらない上に、雪遊びはするし寝相はこのざま。なんという余裕だよ。潜在魔力はいったいどれほどというのか。まったく規格外な…………待てよ、名前の一文字を譲ったのだから現状エル様の魔力はフェンリル様の約二倍。それでいて一文字分のフェンリル様が、全盛期ほどに回復したかもとおっしゃったのだが？　もともと全盛期のフェンリル様の三倍？

ごきげんなフェンリル様を拝見することに忙しくて考えが浅かったことを、悔いた。

あの娘どうなってんだ。

ゴホン！

エル様な。よし。

彼女が起きてから名の魔力について質問を…………。

「あ、おはよー。昨日はおつかれさまー」

ゴホン！　ゴホン！

「グレアどうしたの？　風邪？」

〈ユニコーン族は風邪などひきません。自浄作用がありますから〉

「へえ、癒しの力が詰まっているんだねえ」

〈ターキーの穀物詰めのような表現をしないでください〉

七面鳥（ターキー）……？　とエル様が唖然としつつ言葉をこぼしている。そういうところで尊敬が下がってしまうので、間抜けに開いた口を早く閉じてくださいますように。

フェンリル様はくっくっと喉で笑っている。

清廉な冬の風が、鋭く洞窟の外へと通り抜けていく。エル様のふわふわとした風とはまた違う。

フェンリル様特有の冬もやはり尊い。幼い頃からずっとこの冬に癒していただいた。

俺がこれからはお力になろう。

〈エル様。おつかれさまーなどと言わず、ご苦労だ、と俺にはおっしゃっていただきたく〉

「ええ……堅苦しすぎてちょっと」

やっぱり嫌いです。

目下に向かって軽すぎるとなめられてしまい未来のフェンリル様すなわちあなたのためにならないんですからね!! ご自覚をお持ちくだ……くっそ、エル様に選んでいただく必要があるとフェンリル様がおっしゃっていましたね!

「うわ、フェンリル!? なになに、体はねさせて、私がトランポリンしちゃうからね」

〈オマエたちがあまりに愉快だったので、つい〉

ああお目汚しを失礼しました……鈍色に点滅していたツノの光をねじ伏せる。鎮まれよ俺。

フェンリル様の毛並みから、ポテッとエル様がはずんで落ちてきた。

スカートの端をはらって立ち上がると、俺の方に小走りに駆けてくる。

たてがみに躊躇なく触れて、そうっと撫でた。

「ごめんね、〝らしさ〟を教えようとしてくれてるのはわかるの。グレアは補佐だもんね。私は、まだこっちに来たばかりだから、同じ視点から進ませてもらえたらやりやすいなって。だからおつかれさま。これからも、頑張り、ますからっ」

…………。

「あ、聞く前に撫でちゃってごめんね」

〈……継続していただいて構いません〉

密着されたらいやでも理解させられる、この甘美すぎる魔力。魔力を直接渡されたフェンリル様が、エル様に絶対の信用を寄せたのも道理なのだろうな。

はあ――――あ。

気づいているのだろうか、エル様は。

冬を呼んでから、与えることを覚えられた。

無意識に放出しているであろう魔力は、撫でている指先から俺をみるみる絆(ほだ)していき、ってことはないですけどまだまだ正気ですけどそれは置いといて、周辺にいるあらゆる生き物を引き寄せている。波動がこのたびの冬のように淡く優しいので、弱いものでも彼女を求めて近寄っている。

雪蛇がこつんと足首をつつき、オコジョがわらわらと列をなした。

ほら、もう囲まれている……。魔力の波動が強いフェンリル様のお側にこれらを寄らせることはできないので、エル様の方を、洞窟の外にぐいぐい押しやっていく。

〈ここでならたわむれて構いません〉

やはり彼女は拒絶がうまくない。困惑しながらも、どの動物たちも撫でてやっている。

ちょ、あなたが可愛がっているその猫、雪豹(ひょう)の魔物の幼体なのですが？

妙な運を持っているな。せっかくなのでエル様の成長に利用するとしよう。

〈その獣に名前をつけてやっては？〉

「いいの？　じゃあプディング。耳の先だけがカラメル色だから」

〈センス……〉

「だめ？　私のいた世界ではよくあるネーミングなんだよ。動物に食べ物の名前つけるのも」

〈せめて愛称でプディとお呼びくださいね。よそに聞かれたら間抜けですから〉

名付けられたことで、冬の魔力をぶわりと湧かせた雪豹の幼体は、冬毛に変化した。つるりとした短毛から、ふさりとなびく長毛になり、足先には頑丈な氷の爪が生えている。牙も氷色に。

「名付けって、姿を変えるための儀式だったの!?」

〈お察しがよろしいようで。夏毛から冬毛になりましたね〉

「もしかして、他の動物をみんな冬毛にするにはひとつひとつ名付けなくちゃいけない……？」

〈いいえ。変化についてはまとめて祈る詠唱があります。フェンリル様が教えてくださるでしょう。この雪豹の幼体につきましては、冬の恩恵を受けたことのないまま親と死に別れ、このたびの冬に適応できていなかった。エル様にすがるために現れたのです。名をつけられていなかったからこそ、今、エル様が施したものがやっと冬の魔法に馴染むきっかけになりました〉

「グレアは詳しいんだね」

〈補佐として当然です〉

魔力のこと、冬の魔法のこと、言葉や情報として彼女に求めてもわからないだろう。

おそらく異世界の魔力というのは本当だ。

実践を経験していただき、俺たちがエル様を誘導するのがよいだろう。

「私がためらわないように、まず魔法を使わせてくれたのね？　ありがとう。頑張ってみる」

こちらの内心になど気づかなくてよいですのに…………。

そのようなことや、紫のたてがみが綺麗などということ、わざわざ口に出してしまうあたり、やはり彼女は幼狼であるらしい。お考えの純粋なこと。そのままフェンリル族になることを望んでくださいますように。

エル様が、フェンリル様にプディを見せに行く。

……仲睦まじきは良きことかな、とフェルスノゥ王国のことわざを思い出した。

雪降るフェルスノゥ王国

フェルスノゥ王国に雪が降る。

それはとても特別なこと。

「……っ雪？　冬だ、本物の冬が来たぞ……!?」

「やった！　これで野山の恵みが回復する」

「おお、フェンリル様ありがとうございます……」

民衆は涙を流して喜び、雪山の頂にいるであろう魔狼フェンリルに心からの祈りを捧げた。グオオオオンと甲高い鳴き声は、この街にもよく響いていたのだ。

ひととおり喜びを分かち合ってから、しんみりと、民衆は街の中央にそびえる城を振り返る。

冬の祝福を受けて、青いとんがり屋根には雪が降り積もっていた。

「代替わりが行われたんだな……フェルスノゥの姫様が、気高い獣の姿になったんじゃ」

「あんなに美しい姫様だったのにねぇ。うう、これからもっと美しい女性になり、恋だってしたかっただろうに。代替わりの節目にあたるなんて、かわいそうな気もするわ……」

「ばか、そんなことを言うもんじゃねえ。栄誉ある役割なんだ」

「俺たちの生活を守ってくださったんだ」

大人たちはしばらく黙禱した。

気高いフェンリルの幼狼になったであろう姫様を想い――。

子どもたちは元気に外で遊んでいる。五年ぶりの雪の中をきゃあきゃあと走っていたり、雪合戦をしたり。沈んでいた大人の表情もそっとほころんだ。

子どもたちは、さらさらと服の表面を滑り落ちていく雪を、不思議そうに眺めている。子どもたち自身を輝かせるような眩しい雪の白さ。雪だけではない、空は明るく太陽が輝いている。

「ねぇ！　今年の雪……雪玉が作りにくいよ？　不思議！」

「なんだって？」

大人たちは雪を触ってみて、その感触に驚愕した。

――フェルスノゥ王国の玉座の間。

青灰色の大理石が敷き詰められて、氷の結晶の民族紋様が床一面に描かれている。壁は氷色。ひんやりと冷気が漂い、フェルスノゥの王族が冬を尊重していることが表れている。

普段シンと静かなそこに、困惑した顔の王族たちが集っていた。

「……わたくし、フェンリル様の代替わりに呼ばれませんでしたわ。それなのに、冬が訪れるだなんて。お父様、お兄様、いったい何があったというんでしょう？」

美しいウェーブの金髪を背中に流した姫君が、王に訴えかけている。

氷色の繊細なドレスがしゃなりと揺れた。儀式のための正装であったのに。

「ふーむ。ユニコーンの使者様がおっしゃったことには、今代のフェンリル様はもう冬を呼ぶ力がないため、代替わりの姫君が必要だと。確かにそう聞いたのだが」

王の発言に、この場にいた全員が勢いよく頷いた。そうだ、あの宣言から、どたばたと大急ぎで姫君を捧げる支度をしたのだ。

「力を取り戻したとか」

「そんな馬鹿な。どうやって？」

「治癒といえば、ユニコーン様の力で……」

「会合でそのように失言して、ユニコーン様の力でもどうにもならないから代替わりの相談に来たのだ、と激怒させたのを忘れたのか!?　口を慎めッ」

重鎮たちの小声の相談をさえぎって、宰相が大きな声を上げた。

広間が再び、シンと沈黙する。

姫君は広間の中央にしゃがみ込み、特別な魔法陣に触れた。

「ユニコーン様がおっしゃった転移の日から、もう三日経っていますね……」

姫君の指先は氷の爪、そして魔法陣に流れる魔力をしっかりと感じ取った。やはりよく馴染むのだ。姫君はもうフェンリルの代替わりにいただくと、逃さないと言われているようなのに。

――カッ！

とふいに魔法陣が光った。

「ミシェーラ！」

第一王子がバッと飛び出していって、姫を抱きしめた。

（お兄様、そんなことをしてはなりません！　一緒に転移してしまうかも……！）

姫君はそう考えたが、魔法陣はまるで雪解けのようにスッ……と消えてしまった。

もう必要ないとばかりに。

あとにはヒヤリとした冷気のみが残っている。

こわばった腕を離しながら、王子は姫の体調を案じた。

「……大丈夫かミシェーラ。迂闊なことはよせ。予定外に冬が来てしまったあとだ、この魔法陣の効果が変わっていたかもしれないんだぞ」

「迂闊なのはお兄様ですわ！　あなたこそ巻き込まれたらどうなっていたことか……第一王子である自覚をお持ちくださいませ。わたくしはともかく、あなたの代わりはいないのです」

「何？」

ぐっ、とお互いの主張が胸に刺さる。

しかし頑固にも意見を曲げず、そっくりの薄氷の目で睨み合った。

「そこまでだ」

王が仲裁する。

この二人、お互いに正義の方向性が違うため、しょっちゅうぶつかるのだ。

王にそう言われると、王子も姫も頭を下げる。

「二人とも何事もなくてよかったよ。私の大切な子どもたちよ」

「外交の振る舞いは学習しているけどまだまだ心は子どもねぇ」と王妃が後ろでくすくす笑う。

そしてお互いをちらりと見て、ふいっと顔を逸らした。

子らを立たせた王は、ピタリと閉じた窓を振り返った。

冬が来た。

それなのに北風が窓を叩く音は聞こえてこない。空は晴れ渡ってすがすがしい。

穏やかすぎて、じつに不可思議であった。

「このたびの冬について、調査しなければならないな」

王の言葉に、全員が姿勢を正す。

「フェンリル様の元を訪れ、説明を請うのだ」

「わかりました。わたくしが向かいます」

姫がすぐさま返事をして、王子は姫の腕を掴んだ。

「ミシェーラ！　お前はまたそう先走って……姫に雪山の登頂がこなせるわけないだろう」

「あなどらないでくださいませ。わたくし、お兄様よりも剣術も魔法も強いのですわ」

「……う。でも体力は俺の方がある！」

「む！」

こらこら、と王がまた仲裁に入った。

しかし親としては、この二人の喧嘩（けんか）は案外嬉しいものであった。

（はしゃいでいる姿は久しぶりに見るな……代替わりの会合があってから一年間、お互いに張り詰めていた緊張の糸が切れたのか。……それもよい。我々は我慢強い民だが、我慢は、人の心を削（そ）いでいく。どんなに頑丈なツララも風で削れるように。落下してしまえば一気に割れてしまう。その前に、癒しの期間を得られたのはありがたいことなのだ……）

王は腕を伸ばし、王子と姫を引き寄せた。

ぱちくりと瞬きをした二人は、すこし耳を赤くした。

「テラスへ行こう」

「あらあら、王はご自分が雪を見たいのでしょう？　子どもたちを理由にしてしまって、うふふ」

「そうであったな。儂（わし）もはしゃいでいるようだ」

国王と王妃、第一王子と姫が、揃ってテラスの扉を開けた。

ふわりと、なんともやわらかい風が、みんなの頬を包むように吹き抜けてゆく。

フェルスノゥ王国らしからぬ冬景色に、言葉をなくした。

ふっくらと積もった雪は、陽の光を浴びてぴかぴかと明るい。風に舞うくらい軽い雪が、人々にまとわりついて光らせるかのようだ。かと思えば木々の幹にはしっとり霜が生まれて、植物の生命力をぐんぐん回復させているのがわかる。深緑の葉が伸びる。冬特有の植物が豊かに回復して、早急に実りをつけ、小鳥たちが食事をしてはピチチとさえずり、空中で姿が変わってゆく——白と青の羽毛になった——冬毛だ。

感動がこみ上げてくる。

王子が、手すりに積もった新雪をすくい、感嘆の息を吐いた。

「なんて美しいんだろう……！　この冬に恋をしてしまいそうだ」

ほうっと吐かれた白い息が、霧散するのも待たずに。

手のひらの雪をつまんだり握ったりと観察して、風に晒したりなどもする。雪がテラスに落ちる速度を目測で測り、急いで懐から手帳を取り出しメモをした。手の甲に舞い降りてきた雪を、口に含むとしゅわりと溶けて、清廉な味が一瞬あったのちに魔力が回復したのではないだろうか。

王子の持病である観察がとまらないので、姫君がぎゅむと頬をつねった。

「お兄様……。そのどこまでも知らねば気がすまない行動と、非現実的なロマンチック発言はおやめくださいませ。まるで夢見る乙女のようですよ？」

「ミ、シェー、ラ!?」

なんて物言いをするんだ、という兄の睨みなんてさらっとスルー。

ミシェーラ姫は、ふむ、と景色全体に目を向けた。

「これまでの雪は、白灰色で水分を多く含み、質感は重かった。ずっしり積もったその下で、生命力を回復させたものですが……。このたびの冬はどこまでも軽やかですね。けれどご安心ください。風はしっかりと冷たく、これまでと同等の魔力が雪にも霜にもきちんと宿っておりますわ。フェンリル様のお力を感じます。民の嬉しそうな顔を、失望させることはないでしょう」

姫の瞳は、遠くの街の様子を「遠視」した。魔力を見たのは「魔視」である。

現状を聞いた王たちは、ほーっと安堵の息を吐いた。

「息もしっかり白く染まる。日差しが明るいため目視がしにくいが」

「寒暖差がありそうです。陽当たりがよいところはあたたかく、影はより寒いのでは」

「このような冬は知らない……知らなくては……」

王子が呟き、手すりの雪をぎゅっと握っては、雪玉を作ろうとしている。しかし雪のほとんどはさらりと解けてしまい、小さな雪の塊が残るだけであった。ブッブツと「まるで性質が違うのか」などと言ってまた新たな雪玉を……。

ミシェーラ姫はその雪玉の残りを、王子の頬に押しつけた。

「つめたっ！」

「お兄様、観察はあとにしてくださいと言ったばかりです。うふふ、これなら痛くないですし、久しぶりにわたくしと雪合戦でもなさいますか？」

「……考えておいてやろう」

くすくす微笑む姫は妙にごきげんで、噛みつくつもりだった王子は出鼻をくじかれてしまった。

兄を注意したのは本意だっただろうが、ミシェーラ姫も冗談を言うくらい浮かれているのだ。

これまでフェンリル族を継承するという重圧に耐えてきた。それがふとなくなり、わずかな間なのかもしれないが、ミシェーラ姫をただの年頃の女の子にしている。

そういえば妹は雪合戦の天才であったなと、昔のおてんばなたわむれを思い出す。

姫と王子が和解したことを見計らって、王が、豊かな白髭(しろひげ)を撫でながら命じる。

「二人でフェンリル様の元に向かいなさい」

「「はっ⁉」」

「フェルスノゥ王国からの誠意を見せなければならない。王子と姫が直接向かうのが良いだろう。素晴らしい冬の訪れのお礼を言っておいで」

ごくり、と二人の喉が大きく鳴る。

はるか遠くの、神聖なる山々を眺めた。ミシェーラがさっと挙手。

「わかりました。まいります」

「判断が早い……！」

「お兄様はどうなさるの？　この王宮で尻尾を巻いているのかしら」

「もちろん行くさ」

発破をかけられた王子も頷き、予定が決まった王が、ニコリと頷いた。

王子は「この予定をああして、こうして、処理して終わらせ……」と指折り数え、予定の調整を挙げていく。例年になく特別な冬になったので、雪かき道具や雪よけの技術など、手段が異なってくるはず。このたびの冬の検証と、現場で働く民衆への相談と、実務への正しい反映。民だけではなく、山の実りや魔物の冬毛についても調査しなければ。と、考えることは山ほどあって……

王子の顔が青くなっていく。神経質で手を抜けない性格なのだ。

彼の仕事は堅実で確実だが、負担が大きい。

（うーむ、……細かい仕事までもこだわるとなると、手が足りないことを理解するには、いつまでかかるだろう。本来であれば弟王子とともにこなしてゆく仕事量であるが、下の弟たちはまだ幼すぎるため、現場の民と直接交渉して戦力にしてゆくしかないのだ。クリストファーの試練であるが、このまま己の時間と手間を犠牲にする方法しか知らなければ、王位継承をした暁には外交も増えるので倒れかねない。……その前に息抜きの仕方を覚えておくれ。お前は削れたツララだ。今回の遠征と、仕事の増加で、己を太くたくましくしてくるといい。理想は、クリストファーの真面目さに、ミシェーラのような決断力があればちょうどよいのだろうが。いやミシェーラ一人でも能力と決断力で事足りるか……おっと、子どもたちを比べるのは良くない）

王は二人の肩を抱き「大丈夫だ」と優しく告げた。

「フェンリル様はこの世界を守ってくださるお方だ。お前たちにとっては初めての山の訪問になるが、きっと、冬の山奥からも無事に帰ってこられるだろう。ソリには鈴をつけていき音色を絶やさないこと、山のふもとに着いたら氷魔法を使って登山のご挨拶をすること。そしてフェンリル様に氷の道を作っていただくこと。それがお迎えのご意志である。いいね？　フェンリル様はおそらく山頂付近にいらっしゃるが、氷の道ならば約一日でたどり着ける。儂らは、ここでお前たちの帰りを待っているよ。ご馳走をたくさん支度しておこう」

「お父様……」

「父上」

王子と姫はしっかりと一礼をして「行ってまいります」と告げた。

それから山頂にたどり着くまで三日もかかる旅路になるなんて、想像もしていなかった。

❄ 冬の森の視察

リーン、リーンと音がしてる。

これは、山頂にでんと鎮座するクリスマスツリーの実がこすれる音だ。クリスマスツリーの青の果実は、一日ごとにたわわに実り、鈴のような響きを奏でる。リーンリーン……これ耳に心地よくって、私の頭上で獣耳も揺れている。冬なのに、ちょっと日本の夏の風鈴も思い出しちゃってさ、懐かしいよ。

人間の耳で聞いた方が、風鈴っぽく、聞こえる。

使い分け方、ちょっとわかってきたよ。

そもそも耳という器官は、聞きたいと思った音を優先して拾うようにできている。がやがやとしたパーティ会場で取引先と商談できたとしても、録音を再生してみると、まるでノイズのように騒がしくて相手の声が拾えないという例がある。耳は、とても器用に、欲しい音を拾うものなの。

それを応用して、獣耳と人間の耳を使い分けるように練習しているところ。

その副産物か、私の声も、獣にとって聞き取りやすい音になっているんだって。

これまでは人間と獣の音が混ざっていたなんて、驚いた。半獣人ってそうなんだねぇ。

動物たちが集まるツリーの下に、私もたどり着いた。

野生動物なのに近寄ってもおとなしいのは、私が冬姫エルだから。冬を呼んでから、やっと、少しずつ実感が湧いてきてる。求められていることと同じくらい役立っているか、はわからないけど
……フェンリルを悲しませたくない気持ちは本当で。今はその思いやりの気持ちがあればそれでいいよって、言ってくれたことに甘えさせてもらってる。

いずれフェンリルを継ぐか？　という問いの答えは出ていない（グレアが漏らした）。

雪豹プディングをじゃらしながら、ぼうっとしてた。

フン、とグレアの鼻息が小馬鹿にしてくる。妙に察しがいいんだよねえ。

〈エル様がご判断するにはまだ知らないことだらけですから、俺が補佐して差し上げます〉

「……ありがとう？」

先日叱られたこともなんのその、グレアは持ち直し力がすごいな。質問を投げかけてきた当のグレアにも待つ宣言されたことだし、私も落ち込みすぎないようにしよう。新しい冬に学ぶことは多くって、動物を冬毛にすることひとつ取っても、よそに意識を取られていたら、失敗をしかねない。

動物たちにとっては生命がかかっている魔法だから、集中して使いたいもん。

冬を呼んだ頂で、フェンリルはまた雪山全体を見下ろしている。

ここに来るたび、しばらくそうしてひとりで過ごしている。

このたびの冬をね、よっぽど気に入ってくれたみたいなの。

だって、大きな尻尾がふさりふさりと揺れている。

うずうず……と私とグレアが身じろぎする。

「いいものだよね……」

〈同感です〉

雪山を眺めるフェンリルの後ろ姿、という光景は本当に絵になるなあ。はあ、とうっとりしたため息が漏れるのも世の道理。すげーいいわー。

獣耳をひくりとさせて、私たちを振り返ったフェンリルは、誘うように笑った。

〈エル。森林の散策に行かないか?〉

「興味ある。あ、お仕事?」

〈これといって決まってはいないが。具合の悪いものや、冬毛になりきれていないものがいれば、手助けはするつもりだ。だいたい冬毛になっているはずだが、個体ごとに不調なものもあるだろう。ひとつだけを冬毛にするには、冬の実をかじらせるか、氷水を木の幹に注ぐとか、エルが先日やったように名付けてやってもいい。……まあ、懐かれすぎるから慎重にな?〉

雪豹プディングが（置いてかないで！）というように私の膝にくっついているのを見て、フェンリルは苦笑している。

〈グレアも情に厚いところがあるものだな〉

〈エル様にご自覚いただければと思っただけですよ。名付けは手っ取り早かったので、でででっ〉

紫の尻尾にプディングがじゃれついたから、グレアが悲鳴を上げた。フェンリルに褒められたから嬉しくって尻尾振っちゃったんだよねえ……どんまい。

たわむれるプディングに、ぐるるるとグレアが威嚇してみせても、ビクともしない。無邪気に脚にまとわりついている雪豹は、グレアにとって本当に想定外だったのかもしれないな。なんとグレアが折れて〈エル様を守るのを手伝いなさい〉とプディングに言った。ああ、私が守られる方なのね？　たしかに幼くても雪豹の氷の爪は、私よりも強そうだ。

〈行くか！〉

フェンリルがすたっと先頭に立つ。

ツリーの実を食べたから魔力は十分、冬を呼べたから気分上々、これからの視察も楽しみ。

わくわくしちゃうね。

グレアにまた乗せてもらおうとして、はたと気づく。

プディングはどうしようか？　ついてくる気満々だし……。

頭にイメージされたものがあった。

「グレア。正直に言うから聞いてください。あなたに鞍（くら）をつけたいの。前代未聞だろうけど、プディを連れていくためと、私がしがみついて首絞めをしないように」

〈先に反論封じをしてきましたね。見栄えが良くないと許しません〉

つまりはグレアによく似合うものにすればいいのね……。

顧客（クライアント）の好みはフェンリル関係であること。フェンリルカラーの白銀の鞍なら……うん、グレアの月毛にも映えそうだし。ユニコーンのすらっとした体格を活（い）かしてシンプルにするか、それとも豊かな紫のたてがみを活かして派手にしちゃうか……ああ、遊園地のメリーゴーラウンドの装飾が頭から離れなくなっちゃったよ。

こないだ夜泣きしたときの（そんなことがあったらしい……）涙の真珠ブレスレットを外して、グレアの背に置いた。手を添えて、イメージする。これしかない。

「鞍になあれ」

すうっと真珠が溶けていって、うすく広がる。白銀パールカラーの鞍になった。装飾がメルヘン。そこから手をグレアの顔の方に動かすと、魔力の線が伸びていき手綱になる。

あと少し、真珠の魔力が残っている。それで鞍の横にカバンをつけた。バイクバッグのようなものので、これはシンプルな見た目にした。

「プディ、ここに」

カバンに入り込んだプディはひょっこりと顔を出して、上目遣いに〈ニャア〉と喜んだ。

「どうかなっグレア!?」

〈……及第点です。こんな鞍は見たことも聞いたこともございませんが、まあいいでしょう〉

「よかった」

いや喜んでない？　めっちゃ尻尾揺れてない？　実は中二病的な……ごてっとした装飾に萌えるお年頃だったんじゃないだろうか。ほらグレア若馬らしいし。

グレアは素直に褒めることはないけれど、及第点がもらえたら十分オッケーらしいの。言葉は厳しいけど、嘘はつかないから、オッケーといえばオッケー。このあたりのさじ加減は、フェンリルにこっそりと昨夜教えてもらった。正直やりやすくて助かるよ。

うんしょ、こらしょ、とグレアによじ登ってなんとか座ると、無様（ぶざま）……って文句を言われた。やっぱり思い切ってひらりと飛び乗るのがいいみたいだよね。今後練習しよう。

私の右太ももの後ろに、プディのカバンがあるけど、邪魔にはなってない。脚でグレアの腹も挟める。

鞍はひんやりと冷たいけれど、半獣人にはへっちゃらだ。

フェンリルを先頭に、白銀の森林調査部隊が、山の頂から、勢いよく飛び降りて森に向かった。

イイ――――ヤッホゥ――――!!

テンションを上げなくちゃやっていられない。

獣たちの進行はめっっっっちゃくちゃだった。

崖を飛び、木々の隙間をギリギリで進行、下り坂でさらにスピードアップ。まじかよ、と何度も思った。叫びすら呑み込むしかない、降りることができないジェットコースターに運ばれることしばらく――。

目的の森にたどり着いた。らしい。

ここがどこだかまるでわからない。ぐええ酔った……。

〈エル様、俺の首に倒れ込むのは行儀と見た目が悪いです。しゃんと背を伸ばしてください〉

〈楽しい野走りだったなあ！〉

フェンリルがこんなにごきげんとなればさあ、私がこの進行に慣れるしかないよねえ。おっしゃあ……。

持ってきていたツリーフルーツをかしゅかしゅとかじる。回復したことにする!!

リーン、と鈴の音が鳴る。

「あれ、こんなところまでツリーの音が聞こえてる……？」

〈エルは森の動物たちを想ってあの木を作ってやっただろう。だから動物のどれかが弱っている限り、音が響いてくるんだと思う。優しいな〉

冬の魔力で、動物、植物、魔物、精霊、みんなに元気になってほしくて。

できたんだなあ、ってあらためて嬉しさがこみ上げてくる。

そんな中、視界におかしなものが映る。

「この野イバラ、くねくね踊ってる……？」

〈珍妙な動きだが、まあ、絡まるための木でも探しているのではないか？　このたびの冬で回復し、望んだことが体現できるほど元気なのだろう〉

「フェンリルは相手の気持ちを察するのが得意ですごいよねえ」

フェンリルが予想した通り、野イバラはしゅるりと針葉樹に絡んだら、おとなしくなった。

ここには野イバラと、針葉樹と、とても小さな動物たちがいる。弱いもの、寿命が短いもの、生まれたてのものほど今回の冬に染まりにくかったのではないか……っていうフェンリルの見解を聞く。なるほどね。

ふんわりと積もったきめ細かい雪の中で、ジタバタしていたのはモモンガだ。

小柄な猿が、霜の降りた木に登れずにつるつると表面をひっかいている。

まだらに白く染まった野の草が、つぼみをふるふるとさせているのは開花できないんだろう。

〈また魔法を使おう〉

「それで一帯に影響を与えられるんだね？　でも冬を呼び直すわけじゃない？」

〈ああ。魔力をわずかに足してやればいいんだ。音、におい、冷気、おだやかに広域に広がるもので、フェンリルの魔法であればなんでもいいよ〉

感覚でゴー。了解。

フェンリルは私にまかせるつもりみたいだ。

えーと、ここは森林地帯で影があるから寒いし、冷気は足さない方がいい。音は山頂のツリーから聞こえてきている、足したら騒がしくなってしまう。におい？　どんなにおいにしよう。動物たちにとって嗅覚は生活にかかせないはずだ。きつすぎず、特殊すぎず、魔力を回復させる果実のにおいだけがもっと強くなればいいんじゃないかな？

咲きかけの野の草の前にしゃがみ込んで、小さな実をつまむ。

そこに魔力を送り、一帯に同じ種類の草をたくさん生やした。実もわずかに大きくする。

ふわりと、森の中に甘ずっぱい香りが広がる。それを求めて、動物たちが鼻をひくひくさせながら寄ってきた。実を食べたら、毛皮が冬毛となる。よしっ。

「どうかな……！」

〈そうきたか。動物たちはあちらから寄ってくる。慣れた植物を食べるならば魔力も馴染みやすい。上手に考えられていて、私の愛娘はとてもよくやってくれた〉

フェンリルが頬をすり寄せてくれた。ううう最高の触り心地。さすさすと腕を動かすのが止められない。照れた顔を、頬の毛にもふんと埋もれさせた。

成功報酬をモフモフで払われるとか夢の国かよ、ありがとう。

〈コツを摑んだか？〉

「おそらく。ちょっとずつ魔力を出す、みたいなの、多分できてる」

多分ってここでは大事。

絶対できます、って見栄をはったりパフォーマンスをしなくてもよくて、拙い真実を伝えていい。

また進むと、木からエゾリスが落ちてきた。

ヒュ────……ズボッ。雪をもがいて現れたエゾリスはひくひくと半冷凍状態だ。これはいけない。まだまだ落ちてくる、ぽてんぽてんっ。ちょ、新雪がでこぼこになるくらい数がいる。これじゃ手で受け止めたりする暇もない。

「巣でもあるのかな!?」

〈魔法を使うチャンスですよエル様〉

グレアはドライだ、なんでも私へのレッスンにしようとする。このお。

「雪雲(ゆきぐも)よ……！」

小さなわたあめのような雪雲が現れて、エゾリスを一匹ずつ受け止める。

やがて落ちてくるエゾリスがいなくなった頃には、三〇ほどの雲がぷかぷかと浮かんでいた。

〈減点ですね。受け止めるだけでこんなにも魔力を使うのは無駄です〉

「でも助けられたじゃない？」

〈自然にいるものみな寿命まで生きながらえさせるおつもりですか？　死ぬときは死ぬのですよ。それ以前に、雪に落ちるくらいでエゾリスは死にません。かすり傷でしょう〉

くううう。……グレアの言うこともわかるけどさ。

私たちが目的にしていたのは、冬毛になれなかった動物に平等に冬毛になるための魔法をかけてあげること。それ以上の手助けは、その環境における生態系を乱すことになる。このエゾリスは、怪我をして自力で治すという経験を、私の手によって奪われたし、助けられたからこそ危機感をなくしてまた木から落ちるかもしれない。そのとき、私がいつも木の下にいてあげることはできないのに。

私がやるべきはただ冬毛にしてあげることだった。

「ごめんなさい。判断ミスです」

〈頭を下げなくてよい〉

フェンリルの苦笑交じりの声に、頭を上げると、グレアが絶句している顔を見てしまった。

冬姫様が軽率に頭を下げるんじゃありません、と右頬には書かれていて、このひとはこんなにすぐ負けを認めてしまうのか？　と左頬に書かれているよう。表情わかるようになってきた。

フェンリルがグレアを小突いて、それから諭してくれた。

〈エルが理解したことはもっともだし、グレアは助言をできたと思うよ。つまり正解に導けたので私としては二人ともを褒めてやりたい。ただ、オマエたちが喧嘩腰だと、周りの動物たちは不安に思う。気をつけなさい〉

「はい」

〈はいっ〉

グレアと私は、頷き合った。さすがにフェンリルに促されただけあってあのグレアも素直だ。

〈エゾリスからエルに、感謝を伝えたいそうだよ。聞いてごらん〉

「あ、うん」

獣耳を澄ませると、ころころとした声が聞こえてくる。

〈ありがとう冬姫様あ！〉

〈この冬毛あったかいですう！〉

「えっと……それ私の魔力の雪雲なんだけど。君たちの冬毛と勘違いしちゃってる？」

エゾリスたちは首をかしげて〈？？？〉といった調子だ。

あちゃー。わりと子どもっぽい話し方で無邪気だし、この世界のエゾリスはこういう生態だったのか。

「いっそ雪雲を冬毛にしてしまったら簡単だけど、嘘を真にして誤魔化すのは……」

〈いいのではないか？　やってしまえば〉

「フェンリル、でも。言い訳みたいだよ」

〈結果全員が満たされたらいいのだ〉

おおらかに。

そういえばグレアも一緒だ。

鞍をつけるなら、映えるものなら許すって。

いい結果を出したい気持ちなら、挑戦させてもらえるんだよね。

「やってみる」

イメージするのは尻尾が雪雲みたいになったエゾリス。

ふわふわと軽やかな冬毛で、もしも木から落ちてもダメージが少ないようにもふんと丸い。

できた。

それから同じく冬毛を乞うてきたモモンガにも、冬毛の魔法をかける。初めて手のひらにわずかな魔力を集めて、直接相手に与えるやり方。

このたびの冬を生きやすいように。

通常、モモンガの滑空は移動のためスマートに飛んでいく。風に乗って目的の場所にたどり着く。

このたびの冬の穏やかな風でも木々を移動できるような変化とは？　長めに飛べたらいつかたどり着けるでしょう。

モモンガは保護色の雪色の冬毛になり、翼のように腕を伸ばして上下に動かした。

〈ありがとう冬姫様あ――――！〉

はしゃぎながら、モモンガたちは飛ぶ――……。

とても可愛い新種の生き物ができてしまったけど。成功ってことでいいでしょうか……？

「ふ――――……」

振り返る前にフェンリルたちの小声が聞こえてくる。

〈魔物になっていたな〉

〈あの魔力量はそうですよね。ええユニコーンの角にビンビン来ました。エル様の作り出した魔力を直接体に取り込んで冬毛となれば、新種の魔物が生まれる……覚えました。はあ……〉

やりすぎてごめんね！　後ろを向きがてらぺこりと頭を下げたら、フェンリルの肉球にぷにっと頭を押さえられて、それで反省おしまい、とされた。

❄ スノーマンの雪崩、宝石の洞窟

〈雪妖精から連絡だ〉

フェンリルの前に淡い魔法陣が現れて、くぐるように一体が現れた。お辞儀を披露し、翅をこすり合わせてリリリと音を鳴らす。急いでいるようなテンポの速い音。

〈スノーマンの雪崩が起こっているらしい。急ごう。場所は宝石の洞窟だ〉

「すごい。そんなところがあるんだ」

〈関心を持つのはそこではありませんよ、思わず口から漏れたのでしょうが、スノーマンの危機というところが重要なので〉

「わかってるって」

〈それなら結構〉

グレアが首を差し出してくるので、紫のたてがみに一度触れてひらりと飛び乗った。できた！

カバンに入ったまま揺られていたプディが、寝ぼけ眼でこっちを見上げている。

森の奥まで駆け抜ける。

さっきのモモンガの群れを追い越してしまった。モモンガが飛んでいるときには「リーン」と小さな鈴の音がする。あれ……？　風がぶつかり赤くなっていた私の頬が、なんだかあたたかい。知らない魔力が頬を包むように存在している。これはモモンガたちの魔法？　魔物になったから、魔法で助けてくれているの？

「元気でね！」

とり急ぎ、手を振った。モモンガたちは、駆ける獣たちの風圧で〈きゃーー〉っと飛ばされていった。

〈エル様にお伝えしておきましょう。魔物と動物は違うものです。動物はわずかな魔力に生かされているもの。魔物は自らの魔力を使えるもの。精霊は自然の魔力も使えるもの。大精霊は、世界に望まれてすべての魔力を使えるものだとお考えください〉

「すごくわかりやすい」

〈エル様が冬を呼んだのは大精霊の力です。フェンリル様と同調なさったでしょう？　それ以降、他者に与える魔法を使いやすくなったはずです〉

「その通りだぁ。なんか感覚を摑んだっていうか」

〈もともとは自分の魔力しか使えなかった。そして与えることを覚えられた。これからはフェンリル様の同調がなくても大きな魔法が使えるようになっていき、いずれ世界を知るでしょう〉

「成長してるって言ってくれているの？」

〈俺とフェンリル様が教えているのに成長しないはずがないでしょう？〉

「ありがとう。のわあっ!?」

グレアが大きく跳ねた！　っっっ雪崩だ――――！

これまで来た道をしばらく全力で戻る。雪崩は木々にぶつかってやっと止まった。

その雪の塊には、こんもりと盛り上がったところがある。例えるなら、溶けかけの大福アイス。鏡餅の上の部分。そこには何かありそうで……魔力を感じようとしてみる。

〈エル様……両腕を前に突き出して何をなさっているんですか？〉

「んむむ。魔力を感じられないかなって思ってさ。獣耳は、対象物の方を向けて集中するとその声を優先して聞けるじゃない？　じゃあ魔力を感じたいとき、応用できるかなあって」

〈腕は美しくない。目ですよ〉

グレアが私の方を向いて、ゆっくりと一度だけ瞬きする。黒い目に、ほんのりと青みがさす。

まなざしを雪の塊に向けるのね？　私もやろう。

まぶたを下ろすと、真っ白の世界が閉じられていき、また開いたときには、淡く輝いて見える。

それは、雪の塊のところに魔力があり、光のように私が見たからだ。

〈エル、見えているのだな。瞳がいっそう青くなっている〉

「多分見えてそう。あれ、スノーマンの魔力？」

〈引き続き目を凝らしているように〉

フェンリルが、吠えた。吐息は渦を巻く北風になって、雪を一か所に集めてゆく。

「あ！　魔力が紋章みたいに……」

〈おそらくスノーマンの長（おさ）だ。このような場所にいる者ではないが……話を聞こう〉

フェンリルが生み出した風は雪に染み込み、おそらく動物が冬毛になるようなコツを摑んだようだ。雪がさらさらと意思を持って集まり、大福アイスをまんまるの雪玉にした。それがひとつ、ふたつ、みっつ……積み上がっていく。まるで磁石が引き寄せ合うように、雪玉同士は縦に並んだ。

ぐいいい、と雪玉が横回転する。

一番上の雪玉に、木の枝で作ったような顔！

「あ！　……っと声を上げてしまってすみませんっ。指を指したのも申し訳ない……」

〈私の愛娘。スノーマンの口になるような木の枝を持ってきてくれるか？〉

フェンリルが笑いをこらえてる……〈幼い半獣人〉扱いされてるう……。挽回するべく、グレアの上から飛び降りて、さっき雪崩に倒された木々のところから枝を探しに行く。冬の装いになっているであろう霜に覆われた木でも根元から倒れているので、自然界の弱肉強食のようなものを感じる。さっきエゾリスを助けたときにグレアから言われたことをまさに実感している。

ふう、はあ、ほうっ、とうっ、と息を吐いた。

木の枝を折ろうとしているんだけどね。いかに倒れた木といえども、堅い！

〈ニャア〉

「プディ……？　あなたの牙なら木の枝を折れるかも」

正解。プディがかじりついた枝はあっさりと千切れた。牙がキラリと光るプディの笑顔は誇らしげだ。おでこについた雪を払ってあげながら、そっと思う。

甘嚙み……されてたんだな私……？　プディが力加減をしてくれていてよかった。

そして木の枝が重いんだこれがまた。でも私が頑張って運びますよ。ガニ股にならないよう気をつけて、えっさほいさ……よっしゃグレアの及第点いただきました。苦い声だったけどね。

〈よくやった。つけてやりなさい〉

フェンリルの鼻先に乗せられて、一気にスノーマンの最上段に近づいた。

枝の眉毛、木の実を埋め込んだようなつぶらな瞳、ちょっとしなびたニンジンの鼻、これはもうくっついている。口がないから、ちょうど曲線になった木の枝を「にこり」となる向きでつけてあげた。

木の枝は半分くらい沈むと、このスノーマンに馴染んだようだ。

〈ふーゆーひーめーさーまー〉

「わっ」

口の枝が上下に裂けて、声に合わせてぱくぱくと動く。細かい雪がびゅうと吐かれた。

〈久しいな、スノーマンの長。このたび冬の到来を告げよう〉

〈うーむー。けほんっ。うむー。スノーマンがあらわれるの、ふゆのあかしー。ふゆのとうらいをつげようー。フェンリルさまー。でも、ことしのふゆはなんだかおかしい？　スノーマンのからだつくれなかった〉

〈長がそうなら、他のスノーマンも同様であろうな……雪質が違うため体が作りにくいのだろう〉

〈おそらくー。ほかのスノーマンにも、まほう、かけてほしい〉

〈そのつもりだ。これから雪崩の場所をあたっていく。長は、森を見舞ってくれ。スノーマンがいてくれるとあらゆる動植物が冷気によって安定する〉

まずあちらに、とフェンリルが私を乗せた鼻ごと動かして指したのは、さっきの森林だ。

〈ではまた、ふゆのあいだにー〉

スノーマンは丸い体をくいっ、くいっ、とひねるようにして、背中を向けて行ってしまった。

手を振って見送る。

「フェンリル。あのスノーマンがいてくれると動物が冬毛になりやすい感じ？　さっき目を凝らしてみたら、空気清浄機みたいに魔力が湧き出していたから」

〈くうきせいじょうき……は知らないが、エルの考えで合っているよ。スノーマンの役割は森を保つことだ。弱ったものに魔力を分け与えて、悪さをするものの魔力は吸い取ってしまう〉

「精霊！」

〈いい子だ〉

フェンリルが笑うと、鼻先がふわふわと上下に揺れる。私も揺れる。

はい、とグレアの背中に返された。グレアが首を下げて沈黙しているのは、さすがに上司に文句を言えないからなんだろうなあ。さっき鼻先に私が乗っかっていたビジュアルは正直「間抜け」「美しくない」だっただろうに。

私が望んでやろうとしてたら文句言いまくりだったと思いますけど～？

まあいいや！　そういうとこ親しみがあるし、フェンリルが好きなグレアは好きだ。

それから、スノーマンを二体直して、それぞれ別々の森に送り出した。

ゆったり喋るのは、スノーマンの特徴らしい。口調が早くなってしまうと、魔力をたくさん吸い取ってしまうんだって。その口をつける役割をまかされていたのか……遠い目になった。

〈雪妖精が示していたのはここだ〉

「宝石の洞窟というか、雪の小山みたいだ」

岩壁にぽっかり空いている洞窟の入り口……？　は見えていないんだよね。ここにも、岩肌にもたれかかるような溶けかけの大福アイス。つまりはスノーマンの雪崩。

スノーマンの雪崩の特徴は、平原など平らなところでも、雪崩だけが起こっていることだ。元になっているのがスノーマンの体の雪だから、突発的に雪崩が現れる。

〈フェンリル……スノーマンの再生、やってみても、いい？〉

〈ああ。何かあったら私が直す、だからエルの思い通りにやってみなさい〉

フェンリルはちょっと驚いたようだった。そしていつも許してくれる。

〈一応これは伝えておこう。ここにいるスノーマンは洞窟を守る〝ガーディアン〟だ〉

特別難しいミッション受けちゃったんじゃないのこれ？

ガーディアンなスノーマン……きっと特別大きくて、木の枝の手を自在に使って不審者を撃退できる。表情は「厳しく」「にこやか」の使い分けができて、不審者には厳しく、森の仲間にはきっと優しい。大口が開けられるようにしなやかな木が欲しいな。瞳の木の実は……このへん木の実が見当たらない……持ってきたツリーフルーツを二つ使おう。

考えているうちに楽しくなってきた。だって雪玉遊びは小さい頃からの憧れだったから。

でん！　でん！　でん！　でん！　と雪玉が四つ、重なっていく。めちゃくちゃでかいな。北風の補助をしたあとは、細かい枝を組み合わせて、顔を詳細に作ってみた。喜怒哀楽、きっとどれでも思い通りに表せられるはず。

「できました！」

〈及第点（でたらめです）〉

グレアがぼそりと言い、フェンリルが〈ははは！〉と笑った。スノーマンも大笑いした。

口がかまくらのようにぽっかり開いて、吸い込まれそうになっちゃったよおおお。グレアの首にしがみつく。ぐえっと声が出たのは美しくないので聞かなかったことにしておきますねまじごめん。

〈ふゆひめさま！　このたのしいふゆを、ありがとうございます〉

すらすらと流れるように喋ったスノーマンは、表情をキリリと「衛兵ちっくに」引きしめて、青の果実の目を半分雪に埋まらせてウインクまでキメた。器用だ。

すすすと横に動くと、目的の洞窟の入り口が。

〈おや。とっておきの宝石の洞窟を見学させてくれるそうだ。彼からの贈り物だよ、エル〉

いただきすぎではないだろうか。カバンにはさっきエゾリスたちにもらったドングリも入っているのに。助けたら、もれなくお礼をもらっている。

宝石の洞窟は気になっていたし、ありがたく入らせてもらうことにした。

圧倒された。

「明るくて、眩しい」

ぎっしりと岩壁すべてが宝石になっていて、赤・青・緑・黄・ピンク……いろんな色が交ざっている。どれがどの宝石なのか見当もつかない、美しさの暴力のような場所だよねえ。

　グレアはうっとりとしている。プディングは宝石の色味に目がくらみ、目を回してカバンの中に引っ込んでしまった。私はついついキョロキョロしてしまう。フェンリルは私たちの反応を見て、楽しそうに尻尾を揺らした。

〈発光しているのは水晶の柱だ。それが洞窟の壁をも光らせている〉

「太陽とお月様の関係みたい」

〈水晶の柱がなぜできるのか、聞かせておこうか。歴代フェンリルが冬を呼んだあと、春になったとき、大地に染み込んだ雪解け水がわずかずつ固まって発光水晶になる。ちょうどこの洞窟はそれが天井からしたたりやすいんだ。歴代フェンリルによる世界への祈りが形になっているんだよ〉

「だからこんなに綺麗なのかな……？」

〈そうだな、思いやりは綺麗だ。大精霊が呼ぶ春・夏・秋・冬、どれも美しいのはそれが理由なのだろうと私は思うよ〉

　フェンリルが遠くを見るような目をしたのは、はるか昔に想いを馳(は)せているのかもしれない。

　この壁の宝石の一つ一つに異なる魔力が詰まっているのだという説明を、グレアから聞く。そのような宝石は魔石といって、ただの道具に魔法のような働きを付与することができたり、人が身を守るお守りとして貴重なアクセサリーになっているんだって。

　それは、ガーディアンが守らなくちゃいけないよねえ……これまで善良な生き物にしか出会っていないけれど、もしも悪さに使われたら大変なことになるのは想像に容易(たやす)い。ぶるりと震えてしまった。

そんな私を気遣ってか、フェンリルが囁く。

〈若いオマエたちにいいものを見せてやろう〉

すう――、とフェンリルが息を吸い、ふう――、と吐く。ゆっくりした鼓動。

洞窟内の宝石が、フェンリルの呼吸に合わせて点滅するように光る。何これ……キ――ン、キ――ン、キ――ン、と氷柱が硬質な音を響かせた。宝石の色の間を縫うように、白銀の魔力が走っていって、
ゴゴゴゴゴゴゴ!!

地鳴りのようなすごい音……でも足元は揺れていない。

洞窟の天井が、真ん中から割れていく。

唖然と見上げるしかなかった。

「ひええぇ……逆ジオードだ」

一見岩のようなものが割れて宝石が顔を出す、というのがジオード。地球の知識としては、空洞に別の鉱物の結晶が数百万年もかけて成長していくものだけど、ファンタジーなこの世界では「逆」。宝石が割れて、岩のような側面が現れる。そこに点在しているのは発光水晶……？　いや、透明なこれは「氷」だ。

〈溶けない氷という、フェンリル族の宝だよ。とても大きな魔法を使うとき、魔力が足りなければ、これを使う。歴代フェンリルが蓄えてきた冬の力を貸してもらえるんだ〉

大凶作や季節の異常など、いつもの冬では補えないとき、この溶けない氷が活躍したそう。

〈しかし洞窟の天井を開けるには、そもそも冬フェンリルの力がなくてはならないのでな。ここ五年は使いようがなかったというわけだ。こら、そんなに苦い顔をしなくてもよい。他の季節の大精霊たちが、世界を保ってくれていたんだから〉

なんとなくわかる。

弱ったフェンリルが溶けない氷を自分だけの力にしてしまわないように。

溶けない氷はあくまでも、世界のために使うように。

祈りが捧げられているんだね。

…………。

なんだか胸がいっぱいで、氷を順番に眺めていった。

「……あれ？　あそこ、機械が挟まってない？」

〈どれ？〉

氷に侵食するようにして、灰色が挟まっている。

ええ、神聖なフェンリルの場所にそんなのあっていいわけないでしょ？　睨むように目を凝らす。

〈こっちにおいで、エル。届いたら、取ってもいいから〉

フェンリルが鼻先で私を天井付近まで押し上げてくれた。半分飛び出していた灰色の部分を、ぐぐぐ、と力を込めて引っ張ったけれど、だめだ、固い。

「お願い、これだけ取らせてほしいんです」

氷に手を触れて、語りかけた。すると、すんなりと機械を引き出すことができた。溶けない氷はフェンリルの祈りでできている。だからお話ができるんじゃないかと思ったんだ。

「取ってきたよ」

〈そんなことができるとは想定していなかったな……。エル、これは異世界の落し物のようだ。きっと岩の中に突然現れたのだろう。これが何か、わかるか？〉

「携帯ラジオ」

そうとしか見えない。灰色の機械にはスピーカーの金属網や、チャンネルを切り替えるためのつまみ、アンテナなどが付いている。裏返してみると「ＭＡＤＥ　ＩＮ　ＪＡＰＡＮ」と書かれている。

え――――？　ジャパン……。

……ちょっと、背筋がゾッとした。私以外にも、誰か、来ている……とか……？

〈大丈夫か？　顔色が悪い〉

「えーと…………………大丈夫じゃないかも」

〈教えてごらん〉

「うん」

フェンリルが導いてくれるとすごく安心する……。

「ありがとう」

〈ん？　愛娘だからな〉

「……うん。このラジオの持ち主が、この洞窟のどこかに、いるのかなあって考えて……」

あれ、私の説明が悪かったかな？

フェンリルもグレアもあんまりピンときてないみたい。こてりと首をかしげている。

「えーと、私は、この世界にいきなりやってきたよね？　カバンとか持って。このラジオ……って機械は私の世界のものみたいなんだけど、ラジオとともに誰か、人が落っこちたんじゃないかと思ったの。この洞窟をさまよってるとか？　もしくは、い、石の中にいるとか……？」

声まで震えてきた。

〈ふむ。それはないだろう。エルはたまたま人を召喚する魔法陣に割って入ったが、そんな事例は初めてだ。この世界には、たまに異世界の道具が紛れ込むことはあるんだよ。閉鎖された場所にポツンと挟まっていることもあれば、頭上から落っこちてくることもある。エルの故郷のものなのか。ああ、だからな、その機械とともに人が来たとは考えにくい。魔法陣はもうないのだから。……異世界の落し物の話、言っていなかったか？〉

「初耳だよ」

フェンリルたちの説明……まじなの？

やたらとオシャレな靴下が森に落ちているのが一番よくある落し物なんだって。ちょ、ちょっと！　二足あったはずの靴下が片方だけなくなるってよくあるけど、あれ異世界転移だったの!?

なめらかな泡が作れる異世界石鹸は貴族女性が取り合いした、なんて面白い話も。

へえー。

私の獣の好奇心はこの面白い話題に夢中になってしまって、失くし物を想像してみては、獣耳がひくひく揺れてしまった。そんな様子をフェンリルたちに凝視されて、動くおもちゃ扱いされている……。

〈そろそろ戻すか〉

フェンリルは笑い交じりだった呼吸を整えて、声音を真剣に変えた。

〈……先代フェンリル様方。この世界をいつも見守ってくださり、恵みの大地を育んでくださってありがとうございます。また、挨拶にうかがいます〉

天井に向かって、フェンリルが細く鳴いた。

この声は、きっと届いているだろう。

祈りが込められている。

「いてっ。な、なに⁉」

たんこぶでもできそうな衝撃が、私の頭にぶつかってきた。ヒュ――――すとん、ってな具合。

つまりは上から何かが降ってきたらしいんだけど。膝の上を見て、目玉が飛び出すかと思った。

「ととと溶けない氷様」

〈ははは！　面白い名付けだ〉

「名付けじゃない！　名付けじゃない！　フェンリルその発想危険！」

〈そうであったな〉

こ、このおっちょこちょいさんめ。

〈先代フェンリルたちからの贈り物であろう。エル、大事に持っておきなさい〉

「ええ、どこにしまっておけばいいの……カバンに入れておけばいい？」

〈無礼にもほどがありますエル様！　寝床の洞窟にたどり着くまで、手ずから持っているのです〉

「片手でグレアにしがみつくとか無理だって！」

〈仕方がないのでゆっくり歩いて差し上げますよ。フェンリル様、すぐお帰りになるでしょう？〉

〈ああ。さすがに溶けない氷を持ったまま森の散策を続けることはできないな〉

フェンリルだけがクスクスと笑っていて余裕がある。私とグレアはげっそりだ。

溶けない氷様を安全に運ばなくちゃいけないんだから……は――。プディングがきらきらした目で見上げてくるけどさすがにあげられないよ？

私たちはひっそりひっそりと、この雪原を歩いて帰った。

疲れがたまらなかったのは、きっと、リーンリーンと鳴るツリーフルーツの音のおかげだ。

「なんですの!?　野イバラが道を塞いで……！」
「このようなうねる野イバラは見たことがない。それに目に見えて花が次々に咲き誇っていて、まるで早送りのようじゃないか？　ほら、もう実をつけそうだ。そうすれば動物たちも集ってきて観察の対象がたくさん増え」
「そんなこと言ってる場合じゃございませんのよお兄様！　雪山探索も目的ではございますが、

フェンリル様にご挨拶するのが最優先事項です。……参りましょう！」

「ミシェーラ……森の入り口で王族の鈴を鳴らしたのに、フェンリル様が反応してくださらなかったことを深く考えるべきだ。不作法があったならば謝りの文句も考えよう。しかしそれ以前にだな、このふくよかな雪ではソリが前に進まない！　いったん策を練るために、一夜をここで明かす必要があるし、周辺観察をするべきだ」

「いいえ、なんのための魔力でしょう。道を切り開くために、雪国の民は氷の魔力を持つのです」

「……この山に入ってから、何かおかしいぞ？　ミシェーラ」

まるで幼い子犬が雪にはしゃいでいるかのように、前のめりな発言をしてばかりなのだ。

もともと勝気な妹であるが、それでも兄は、違和感を覚えずにはいられない。

活気溢れるミシェーラ姫とは逆に、クリストファー王子や付き添いの騎士などは体調を崩している。あまりにもこの山は、魔力が濃いのだ。止まってしまったソリを押す腕にも力が入らないほど。

悩む兄を置いてきぼりにするように、ミシェーラ姫が気を逸らせる。

「〝大地を覆う清廉なる雪たちよ、冷たき魔力を捧げよう、より強硬に凍える氷となりなさい。連なる氷の道は、山頂まで。我らを導け！　レイジング・ザ・フリーズ……！〟」

上級魔法！

（ああもう……！）とクリストファーは舌打ちする。やってしまったものはしょうがない。

氷の道が延びてゆく。

ソリを氷の上で押してやると、するすると導かれるように進む。これはまがうことなき、ミシェーラの魔法の力である。

(願った通りに魔法を使いこなすなど、どれほどの魔力とイメージ力が必要なのか。それに鍛錬だ。ミシェーラが歯を食いしばって努力していたところ、僕もよく見ていたけどさ……)

だからこそこの氷の道が続く先が、どうか妹を傷つけるような未来ではないように。それを恐れて一晩とどまることに固執した面もあるだろう。兄は臆病だけど、妹はそれでも前に向かっていく。

フェンリルの尻尾をそのスカートの裾に見たような気すらした。ごしごしと目をこする。

ソリが動く。

上を向いて。

リーンリーンと鈴の音を鳴らし。

元気よく横切ってきたトナカイの群れに悲鳴を上げて。

巨大な牡丹(ぼたん)雪が落ちてきたかと思えば、モモンガの頭がひょっこり覗いて腰を抜かしそうになり。

なんという冬なのだ!

洞窟に帰ってきたことだし、私はフェンリルの冬毛に埋もれながら、携帯ラジオをいじってみた。
機械は妙に真新しくて、サビもない。金属の触り心地はつるりとしてる。二〇二〇年には姿を見ることもなくなったデザインだけど、タイムスリップしてきたみたい。それ以前に異世界トリップ

なんだけどね。

くんくん、嗅いでみると鉄っぽい、人の生活のにおいがする。

つまみを回してみる。ギギギギギギギギ……

「――――――ッ！」

黒板を爪でギリィィってやるあの音が、獣耳＋人間の耳で、数倍増しに聞こえてきたんだから

マジ地獄！　手のひらで獣耳を、腕で人間の耳を押さえてしゃがみ込んで身悶えする私を、フェン

リルとグレアがちょっと呆れながら眺めている……。

〈自爆、というやつですね。馬鹿正直にすべて聞き入れる必要はないのですよ〉

あとで覚えときなよグレアぁ。やっと立ち上がると、ぽろんとひとつ真珠が落ちた。

〈な、泣くほど!?〉

「……え、私、そんなに？」

〈そんなにつらかったか。かわいそうに〉

フェンリルの尻尾にもふりと包まれた。胸のフワフワ毛並みにも溺れて、地獄から天国とはこの

ことだな。

一〇分くらい、無言でくっついていた。妙に震えが止まらなくて。不快音のせいだけじゃない。

私はきっと、このような人間の文明をちょっと怖いと感じてしまった。まずにおいを嗅ぎ始めたこ

とも。半獣人になったから生まれた行動なんじゃないの。

だからどうしたいの？　なんて答えは出ない。

ただの弱虫の元社会人は、ふらふらと流されているだけだ。冬姫のことも、異世界のことも。

地面に放り出しちゃったたラジオを、ぼうっと眺める。

異世界の落し物ってたしか、国に届けたりするんだよね？

「このラジオは置いておく……？」

〈なんのことだ？〉

ベキョッ。…………おわあああああ!?

フェンリル、前脚で踏みつけた！　しっかりグリグリして念入りに壊している。ひえっ!?

にこやかなんだけど、ラジオを一瞥もしないで私に笑顔を向け続けているのはこわいよ？　笑顔を返そうとした私の唇の端が引きつっているのがわかる。やべぇ。

……ラジオ……いや、フェンリルの足の下には何もなかったんだよね！

……心配の気持ちを受け取っておこう。

フェンリルはそんな顔をしている。

トナカイの朝食

一夜明けておはようございます、目の前に、轢き倒されたのであろうトナカイが横たわっている。

口の端から鮮血を流し、白目を剥いている。

フェンリルの狩りの仕方を知っていますか？　全力の体当たりで獲物をふっとばし、その牙でぐさりとトドメをさす。生肉を食べる。まあいかにもな獣でございますね。

とどのつまり、これは私を気遣ってくれた朝食なのである。私に雪のクッションを作り、本人は外出中みたいだ。爆睡していた私の負けだ。

うっっっっっ。

「そのように雪豹にへばりつく姿は美しくありませんね、背筋を伸ばしてくださいませ」

ん？　聞き慣れない人間の声……。

大あわてで距離を取って、プディを抱き上げて雪豹の牙を〈シャー〉してもらうと、洞窟の入り口からこっちにずんずん歩いてくる人影は、盛大に顔を顰めた。

その状態でもわかる、すっごい美形の青年だ。

新雪かというほど白い肌に、切れ長の黒目、すっと通った鼻筋とうすい唇。繊細な顔つきは、テレビの向こう側にいる外国のモデルさんみたい。しなやかな体に細身の民族衣装を纏っていて、首に真珠が光っているのが妙に既視感がある。

髪を束ねていた布をバサッと取ると、紫の豊かなたてがみ。……たてがみ？

「あ――――っ！　グレア!?」

「指をこっちに向けない。正解が遅い」

はあ――――とため息をつくのはこれ見よがし。おお……散々見た仕草だけど、人間だとこんな表情をしていたのか。すさまじく嫌味なんだけど、容姿の美しさでこうも絵になるんだなあ。ズルくない？

「正解って？」

「精霊や魔物がいざ人型になったとき、すぐに見分けられるのかということです」

「そもそも人型になることを想定もしていなかったんだけど」

「衝撃とともに覚えると忘れないそうですよ」

こんにゃろう。

グレアはその話を打ち切って、ナイフを取り出す。トナカイに突き立てる。

「ひえっ」

「血抜きはしてくれています。フェンリル様が」

そう言われて、洞窟の外を見る。トナカイを置いたフェンリルは、川に口をすすぎに行ったところだって。私が鮮血にビビるから、たくさん気遣ってくれている。

胸にじわりとこみ上げる感謝と、鼻にじわりと入り込んでくる血のにおいと。うっ。

グレアは人間の手を危なげなく使い、ナイフを滑らせて、トナカイの肉を切り分けていく。

「このために人型になってくれたんだね」

「フェンリル様が望まれましたので。ユニコーンのままでは肉を捌くことができません」

「ねえ、額のツノってどうなってるの？」

「俺は手を離せませんので、見てみればよろしいのでは？」

グレアがわずかにこっちに頭を向けてくれたから、長い前髪を上げてみた。

綺麗なおでこの真ん中に、六芒星(ろくぼうせい)の魔法陣がある。

「ここに収納されてるの！　出せるの？」

「出せます。ユニコーンの癒しの力は、現在五割まで使えます。ツノを現せば全力です」

「必要のないときは収納っていう使い分け？」

「というか邪魔ですからね。人型のときはツノがあると頭が重くて、ぶつかるし」

た、確かに。洞窟の壁にゴンとしたり、ツノの重さで首を痛めそう。

グレアが手を止めた。

「あ、質問責めしちゃってごめん」

「いろいろ知っていただくのは結構です。俺は答えるので、その知識欲は持ち合わせてください」

「はあい」

どうやらトナカイの解体は、半分ほどで終了ってことみたい。

このとき、私が食べる分の肉だけあればいい、というのには同感だ。

グレアは私を外に連れ出した。洞窟の中は血のにおいがするから、私が酔いかけているのを察したみたい。とんとおでこを合わせてくれると、ユニコーンの癒しの力で、気持ち悪さはなくなった。

「手が汚れていますからご容赦を」

「グレアまつげ長ぁ～」

「雪が目に入らないように、雪国に暮らすものはまつげが長い者が多いです」

真面目な返事をしながら、グレアは木の枝を集めていく。私とプディも手伝って、枝の小山ができた。

雪をこすりつけて手を清めたグレアが、服（多分冬毛の変化だ）の内側から固そうな木の実を取り出す。果実というより、木の実。くるみのような硬い外皮で、暖炉の炎のように赤茶色だ。

「ペチカの実といいます。割ってこすり合わせると、火種となる」

グレアはペチカの実を指先で割った。――カンッッ。

リーン。

指先が炎上しているんだけど。

「こんなすごいの、ペチカの実って」

「いいえ違います、クリスマスツリーの音でペチカの実が効能増しになりやがったんです！」

「口悪……」

「空耳では？　ところでこの件について、連絡をしてやらねばなりませんね。山のふもとの人間たちは、冬場にペチカの実をよく使いますから」

グレアはフクロウの魔物を呼び、王国の方に飛ばせた。そして指先の火をもみ消す。

火災になったら一大事だ。私が力を使ったことで、まだ想定もできないところが、危険に晒されるのかもしれない。

「耳を伏せている場合ではございませんよ。誰もあなたを責めていません」

「責めてるのは私だけかあ……」

「無駄なことです。あなたはもう思いやりや優しさを持ち合わせている。責めて反省して何を得られますか？　落ち込むくらいでしょう。ああ、無駄だ。それよりも肉を焼きませんか？」

「焼く」

ちょっと持ち直せちゃったよ。肉を焼く、は気分転換にぴったりだよね。私のお腹はずっと空腹を主張しているんだから。胃袋のあたりが期待してヒリヒリしてる。

久しぶりの、果実以外の、熱の通った食事になる。人間としてとても嬉しいと感じてる。半獣人って不思議な生き物なんだなあ……。

枝に刺したトナカイの肉がパチパチと音を立てる。こんがりと表面が焼けて、食欲をそそられるいいにおいは、さっきグレアが臭み消しのスノーハーブをすり込んでくれたからだ。

「本当にいろいろ知っているよねえ」

「俺はエル様の補佐ですからね」

ため息とともに言ったら、グレアの頭にはひょっこりと牡馬（おすうま）の耳が現れた。においにつられたの？

こんがりした焼肉をかじると、じゅわっと旨味が溢れ出して、夢中になった。

フェンリルがそろそろと寄ってくるんだけど。尻尾をそっと揺らして、こっちをうかがうように控えめに近づいてくる。そんな可愛いことある？？？？　グレアなんて尊さのあまり撃沈してるじゃん。あのねフェンリルはね、姿も性格も心根も、素晴らしすぎるんだよ。

「フェンリル！　ありがとう、トナカイのお肉美味しかった。グレアが料理してくれたよ」

〈そうか、良かった。群れの一番大きなものを狙ったんだ〉

嬉しそうに報告してくれる内容は、獣の好意に満ちているね。

大精霊といえどフェンリルは肉食獣なので野生の動物を狩る。動物は逃げるし、反撃もするし、それは獣としての正しい本能だ。生き物が生き物らしく豊かにあれるように、フェンリルは冬の魔法を施しているだけ。さっき料理中に聞いたんだけど、イノシシに体当たりされたフェンリルをグレアが治療したこともあるんだって。野生だよねえ……。

料理を褒められたグレアが尻尾を振って照れている。あ、尻尾は収納されているみたいなんだけどね。そう見えるくらい照れ照れなんだ。

私たちを見るフェンリルの眼差しはいつだってやわらかい。

もしかしてフェンリルの人型も見られるのかな？

お願いしてみようと口を開いたとき、

〈ニャア〉

口の周りを真っ赤にしたプディが洞窟から出てきて、悲鳴を上げた。トナカイの生肉の残りを食べちゃったのね。その対応に追われて、人型になれるかって聞きそびれちゃった。

今日もまた見回りに行く予定だ。

……けれど、問題の方からやってきた。雪妖精が翅を半分溶かしながら、ふらふらと飛んできたの。フェンリルがすぐに治してあげて、そして驚きの声を上げた。

〈何？　レヴィがもう現れたのか〉

焦ってるの、珍しい。

フェンリルの鼓動が、不安でわずかに早くなっている。

〈エル、グレア。湯の乙女レヴィが温泉を沸かせてしまい、周囲があたためられて雪が溶けてしまったそうだ……。動物たちが熱気でのぼせている。急いで向かおう〉

〈承知いたしました〉

「わ、わかった」

温泉があるんだ!?　でもこの冬にはふさわしくないってことかな。残念。

フェンリルとグレアが、雪妖精を追って駆ける。真っ白な雪景色の中でも小さな雪妖精を見逃さないように獣の瞳が鋭く細められている。私はその背に乗って、揺られている。

冷たい風がさわやかに頰を撫でていく。

ふと、あたたかみを感じた。

だんだん、空気に熱がこもってくる。

この冬用保温ドレスでは少し暑いなって思うくらいだよ。

オレンジ色の泉が見えてきた。湯気がたちのぼり、ほこほこと熱を感じさせる。

温泉！　あそこに湯の乙女がいるのね。魔物なのかな？　精霊かな？

たぷたぷと水面が揺れるたびに、周辺の雪がじゅわあっと溶けてしまっている。

動物たちがぐったりしてて、かわいそう……木の枝にでろんと体を預けるしかないエゾリスや、膝を曲げわずかな雪に体をくっつけている鹿たち。冬毛も溶けてきて、毛色がまだらだ。

「〝氷よ〟」

小さめの氷の塊をところどころに出現させた。空気が徐々に冷えていく。

〈エル様。いい判断です〉

「役に立てたかな？　氷もまた溶けちゃうかもしれないけど、体調を持ち直すくらいはできるかもって思ったの。スノーマンの役割を参考にしてみました」

だって私たちはこの温泉問題を解決するために来たんだから、それまで持ってくれれば大丈夫だろうって。

グレアがいつもより満足げに鼻を鳴らした。

近くまで行って、あらためてオレンジ温泉を見てみると、なんて気持ち良さそうなんだろう！

とろりとしたお湯は花のようないい香りがして、ゆったり誘うように波打っている。体を湯気が包んでいて、このまったりとした空気感が久しぶりだ。お風呂が楽しみ、だなんて……。

シャワーで済ませていたような社畜時代がいやに懐かしいよな……。

おっと……。

〈エル様？　そんなに獣耳を伏せていて……体調を崩したのですか〉

〈湯の乙女レヴィよ！〉

フェンリルが怒ったように声を張って、乙女さんを呼んだ。この怒りって、私が体調不良になったと勘違いしたせいなのでは？　社畜のナイーブです。ご、ごめんね湯の乙女さん……。

温泉がするすると渦を巻き始める。その渦の中心が、上に持ち上がるようにして、やがてドレスのような形になった。とろりと現れた人のような顔は、可憐な少女だ。けれど白目がなくてオレンジ色だけの個性的な瞳。お湯を伸ばしたような独特のロングヘア。周辺の魔力を吸収してる、精霊。

〈湯の乙女は、地中に潜んでいる精霊です。冬の終わりに現れて雪を溶かし、春の訪れを告げる〉

「……今いたら駄目なんじゃん!?」

〈そうですよ〉

しれっとグレアが説明してくれたけど、不安だらけの内容だ。

フェンリルと湯の乙女さんは、ずっと睨み合っている。

〈そんなにも怒った声で呼ばれると、レヴィ、嫌だわ！〉

はっきりとものを言う子なんだ。表情も「プリプリ」と怒っていて、温泉のまろやかなイメージとはまるで違った。もっと、淑女のような子なのかとイメージしていたけど。

フェンリルに対してこんなふうに話す存在には、これまで会ったことがない。

さらに目を凝らすと……この湯の乙女さんは吸収した魔力を、湯気のように立ちのぼらせている。雪を溶かして、湯気で気温を上げる。淡いオレンジ色の魔力が交ざっているのは、もしかして春の現れ？

せっかく呼んだ冬を、もう終わらせるつもりなの……？

まだ自然も動物も、回復していないのに。

〈レヴィよ。なぜ、こんなに早く温泉を展開したのだ？　まだ冬を呼んで数日だ……冬毛になったばかりの動物たちはこの熱気によって消耗するばかり。雪山の協調性を乱さないでくれ〉

スカートの裾、温泉にはぶくぶくと泡が湧く。沸騰しているほど。

ぶわりと熱風がこちらに吹き込んできた。

〈いい子でいなさい、だなんて押さえつけないで。嫌よ、嫌っ！　だってレヴィ、もう五年も誰とも話せなかったのよ。地中で一人で冬を待って、待って、待って……もうさみしくて……！〉

乙女の目からしくしくお湯が流れていく。水面に波紋が広がった。

え、春を呼ぶためなんじゃないの？　さみしくて？

それはそれでかわいそうだけど……。

〈すまなかった〉

私は。フェンリルのことが心配だ。

冬を呼べなかったことを誰よりも悔やんでるフェンリルが、あんなふうに責められてつらそうな顔をしている。どれだけやりたくても力が出なかった。ずっと冬を望んで、やっと冬を呼んだのに。

それは、さみしいからって、ないがしろにされていいことじゃないよ。

「フェンリル、とても頑張ってたってたってちゃんとわかってるから！」

〈エル？〉

走っていって、脚を抱きしめた。

「元気出して……」

〈ありがとう〉

鼻先でつつかれる。

そしてしょうがないな、という目で見られているなこれ。フェンリルが真面目に話しているところに、私は感情だけで突っ走っていってしまったんだから……。でも後悔はしていないんだ。だってしょげていた獣耳がピンと立ってくれた。それが一番嬉しかった。あとでグレアに叱られますね。

〈あなた！〉

「……はい」

振り返ると、湯の乙女は頬をぷくーっとふくらませている。

〈レヴィが悪者みたいじゃないの！〉

こちらに温泉のお湯をばしゃばしゃかけてくる。ちょっ!?

まるで子どもの癇癪だよ。

私は乱入者だけれど、冬姫様っていう立場ももらっている。この場では、発言権があるとして言わせてもらう。

「湯の乙女レヴィさん。事情をよく知らず、首をつっ込んだことは謝罪申し上げます。でも、フェンリルを責めても何も解決しませんから。フェンリルは冬を呼びたくて尽力していた。あなたは孤独に耐えていた。――みんなで乗り越えて、やっと今があるのではないですか？　これからのことを、今困っていることを相談しましょう。レヴィさんのお気持ちを教えてください」

氷の盾を作る。

これは簡単には溶かせないよ、だって、耐熱ガラスをイメージしているんだからね。

私たちと動物をぐるりと囲った。もうこれで、温泉の熱もお湯も直撃することはない。

「ね？」

圧をかけた。足元がピキピキと凍っていく。

〈うう……〉

湯の乙女さんが唇を噛みしめた。言葉でも行動でもフェンリルを責めてたって、自覚してくれた？

〈うわあああああ――――ん!!〉

爆発するようにレヴィさんが泣き出すと、ごうっとお湯が波のように押し寄せてくる。バシャン！　と盾に当たってはね返る。あっぶな……直撃していたら、じゅわじゅわ溶かされていたんじゃないの？　冷や汗が流れた。

〈上出来すぎるくらい、上出来だ。エル。このレヴィは湯の乙女の中でもとにかく激情家なのだ。しかし感情を発散したら大人しくなる。私でも言い聞かせられるか確実ではなかったから……〉

あ、いざとなったら実力行使の予定だったらしい。

フェンリルから、深い感謝を感じた。

あなたからたくさんの元気と好意をもらったから、私にも、これくらいはさせてほしかったの。

じりじり後退したレヴィは、岩肌の絶壁のところでしゃくり上げながら、こちらを見つめている。

冬毛になっていない動植物からは距離をとってくれたね。

だから、私たちの方からも、盾を越えてあの子のところに向かう。

うっわ……熱い！　サウナみたい。

「さっきも言ったけれど、あなたのことを教えてほしいです。あなたが伝えたいことを、教えて」

〈……わたくしのこと、まずどれくらいご存じ？〉

レヴィさんが話しかけてくれた。

よかった、歩み寄る気持ちがあるみたい。指先をこねこねしながら、おそらく照れながら、私の方をチラチラ見ている。オレンジの瞳は泣いたなごりでとろんと潤っている。

って、ぐいっと寄ってきて腕を掴まれた。

よほどすぐに返事が欲しいんだね。

「お湯の乙女さんで、温泉を展開する。春を誘う。……くらいです、私が知っているのは」

〈そう〉

近くで見る彼女は、まろやかなお湯がときおり揺らぐように、表情が不安定。……何か不安に思っていることがあるんだろうな。すがるように私を見上げてくる。

……ふわんと温泉の湯気が香る。

〈じゃあね、教えてあげる。乙女は湯、湯は乙女。レヴィたちは展開している温泉を吸い上げて人型になれるから、歩いて移動して、いつだってあたためるべきものを求めてる。レヴィは乙女たちの中で一番、心が熱い。いつもは冬の終わりの動物たちや、天空の雲をあたためる。そして雲の精霊と抱き合って空に昇って、あたたかな雨を降らせて春に導くの。地中に潜ってまた冬を待つ。

……五年もなのよ……〉

むすり、と、最後にどうしても付け足さなくちゃ気が済まなかったようだ。

〈レヴィのこと怒らないで。だって、さみしい！　さみしいの！〉

彼女がぷりぷりと言うと、温泉がまとわりつくように私を包んだ。うわっぷ！　一瞬息ができなくて、ゴホゴホと咳き込む。そして顔を水面から出すと、こ、これはっ……！

〈エル様！〉

〈レヴィ、やめろ！〉

たまらないな。

「気持ちいいぃ〜〜〜」

私の口からは、心底とろけたため息が溢れた。

〈〈……はっ!?〉〉

フェンリルとグレアからはぽかんとした声が漏れたね。驚かしちゃった。

「レヴィさん、至福だよお……抗えない……すごくいい湯加減〜。ああ、サウナみたいな湯気もひんやりと冬の冷気になったね。まるで冬の露天風呂じゃん。私これ、嬉しいよ……ふああ〜」

〈うそ……あなた……レヴィの抱擁が平気なのかしら？〉

「あっ！　離れないで」

とっさに私の方から抱きつき返してしまった。それくらいこの温泉は私に効いた。

やばい成分でも入っているのかと思うくらい乙女のお湯はやばい。語彙力はとっくに溶けた。

〈嬉しい〉

　レヴィさんはひしっと抱きしめ返してくれる。あったかーい。

〈いつまでやってるんですか〉

　グレアが額のツノで進行を促してきた。おい刺さるやめて……！

〈エル……本当に、レヴィが平気なんだな？〉

「うん。私の故郷では、温泉やお風呂が好きな人が多くて、長湯や熱めの湯加減もふつうだったし。相性がいいのかも？」

〈まあ、まあまあまあ！　その話、レヴィも詳しく聞きたいわ〉

〈そんなときじゃないでしょうに〉

〈だって温泉が好きって話でしょう？　それってレヴィが大好きってことでしょう！〉

　胸元にレヴィさんが頭をぐりぐりしてくる。自己愛が強くてえらいな、って正直感心した。

　さみしがりやで、熱くなりやすくて、自分大好き。他人をあたためるの大好き。とにかく心が熱い。レヴィさんのこと、だいたいわかった気がするよ。

「三度目になるけど。困っていること、教えてくれる？」

〈もう解決されたのだわ！〉

「さみしさが満たされたこと？」

〈まあ冬姫様。どうしてわかったの？〉

　きょとんとレヴィさんは小首をかしげている。こんな懐きまくっている様子を見せつけられて、解決したって言われたら、ギャップありすぎてわかるって。レヴィさんにとってはこれまで未経験の距離だったのかもしれない。誰かに温泉を好きだと言われるよりも、一番熱い、温度を警戒されるような経験ばかりだったのかもしれないね。

「レヴィさん。いいお湯です、ありがとう」

〈こんな気持ちって初めてなのだわ……！〉

手のひらで頬を包む仕草をしたレヴィさん、かーっと赤くなっている。

もちろんお湯の温度もぐんぐん上がっていって、あちちち……。

〈エル。そろそろのぼせてきただろう。オマエの冬毛が溶けてしまうほどだから〉

なんだって？　下を見ると、スカートの裾やマントの端など、一部装飾が溶けてきている。

なるほど冬毛の消失、私にも適用されるとこうなるのか……！

肌の露出が、恥ずかしい……もじもじしながら隠そうとしたんだけど、心配したフェンリルがマントのえりを咥えて引きずり出してくれたもんだから、お腹のヒートテックドレスがてろんと剝けて余計にひどいことに。ぎゃー！

〈毛皮がないと貧相に見えますのに、お気の毒ですね〉

グレアの小言、辛辣すぎない？……ここで私はピンときた。獣にとっては「衣装(毛皮)が溶ける＝素肌を晒す（皮剝済み生肉）」みたいな価値観なのではないだろうか。この場において、恥ずかしがっているのは私だけというところから見ても。

予想外が過ぎて、羞恥心ふっとんだわ。

もはやまるで照れないわ。

見られてようがギャラリーは獣なので、堂々と立つ。今は、上下に分かれたチアガール風ドレスになっているけど、テイストチェンジみたいなもんよね。私も獣の常識に馴染んだものだな……。

〈あああ……レヴィったらいつもこうなの。でも嫌いにならないで。大好きなままでいてっ〉

「う、うん」

けれど伸ばされた手を取ろうにも、フェンリルが首元を引っ張っているので近づいてあげられないんだよ。あっちが近寄ってきたら、フェンリルってば私を咥えたまま反対方向向くし。むーん。

「レヴィさん、照れるのなし。温度上がるから。冷静になれそう？」

〈もちろんよ！　レヴィは冷静よ。そうだレヴィって呼んでもいいのよ、そうしたらもう大親友なのだからレヴィが照れることはないのだわ。雲の精霊のように、あなたのこともあたためてあげる！　……冷静にね？〉

よし、覚えてたね。

「フェンリル、下ろして。大丈夫、対策も考えられたから」

心配しすぎて眉根がぎゅっと寄っているフェンリルの鼻先を「よしよし」と撫でる。こうすると気持ちがよく伝わるような気がする。

ものは試し。きっとうまくいく。

「衣装チェンジ！　水着スタイル」

頑丈な競泳用水着をイメージして、冬毛(ドレス)を変えていく。これならどうだ。

〈……溶けない!?〉

「やったね」

レヴィさん……レヴィをお腹のあたりに抱え込む。彼女は、お腹あたりに頭をぐりぐりとしながら、驚いた声を出す。ふふ、くすぐったい。

「これならくっついてても大丈夫だね。いらっしゃい」

〈ええ、おいでなさいませ冬姫様！〉

おいでなさいませ？　レヴィはこれまで来てくれる者を迎えるってスタイルだったからかな。

包むようにレヴィが私を抱きしめて、ぶわりとオレンジスカートが広がると、温泉が広く展開された。表面は穏やかに波打って、とろけるような心地よさ。

うっとりしながら私は尋ねる。

「こっちの相談も聞いてくれる？」

〈何かしら？〉

「冬毛にチェンジしてほしいんだ」

そうだよね？　とフェンリルを見ると、こっちまで嬉しくなるような笑みが返ってきた。

❄ 愛娘の冬アイデア

（フェンリル視点）

まったく、私の愛娘は素晴らしい。

しっかりと解決方法を見つけるところといい、主題をきちんと回収することといい。

しっかり、きちんと、そんな言葉がよく似合ってしまう子だからこそ。レヴィの温泉の心地よさに表情をゆるめていることにホッとさせられる。

もっとゆるんでくれてもいいのだが。

もしできなければ私が何からも守ってやるのに。まだそのような時期だというのに。エルが幼い狼でいられないのは、記憶を持ち合わせているからだ。異世界でのつらい記憶のせいもあって、褒めてもあまりピンときていないらしい。愛情を受け止められる器こそ、育ててやりたいものだな。

「問題点のおさらい。レヴィが現れるのが予想外に早くて、熱で冬毛を溶かしたり、冬が熟していなかったこと。レヴィ側の問題としては、さみしかったこと。これは私たちが一緒にいることで解消されるんだよね。雪山側の解決もしたいの。もうしばらく冬でいさせて」

〈それで……レヴィを冬毛に？〉

「うん。冬の環境にあなたがいられるように。きっとできるから。フェンリルとグレアの許可を取ったし、あとは主役が納得してくれたら、私はもちろん全力で協力するよ」

〈やるわ！〉

エルが考え始める。

まつげを伏せて、自分の殻に閉じこもる姿は、あまりにも隙がない。

責任を負ったことのある者の立ち振る舞いだ。即戦力としてフェンリルに迎えられる、この上ない人材である。しかし強制はしたくないと、私はどうしても思ってしまう。可愛い大事な愛娘なのだ。エルが半獣人となった時点で、フェンリルの継承はエルであるのだけど、このような迷いがどんどん強くなるとは、私も変わったものだな。

ふう、と息を吐く。

キョウエイミズギの上に重なる真珠の首飾りが、リリンと揺れた。

「そうだ。冬を足してあげたらいいんだ。この真珠は私の涙からできていて魔法がかけやすいから、レヴィにあげる。雪の花を芽生えさせるから、レヴィのお湯に浮かべるのはどう？」

〈レヴィそんなおしゃれをするの初めてよ。やってやって！〉

エルの手のひらに真珠がいくつかこぼれ落ちる。

雪妖精が施した首飾りの、魔法の糸が解かれて、また繋がった。

なんて繊細な魔法を自然に使うのか。

「〝蓮(はす)のような雪の花〟」

真珠がやわらかな雪玉のようになり、蝶々(ちょうちょう)が羽化するときのように花弁をぐんと伸ばして、手のひらからこぼれるほど大きな白雪の花となる。この周辺では見たことがない形だ。

〈蓮？　東方の国において、池や湖に浮かぶように咲く花です。あちらには春龍がいますから、春の魔力も持っている湯の乙女とは相性がよいでしょう。エル様がそこまでお考えになっていたとは思えませんから、蓮を思いついた運も持ち合わせているのでしょうね〉

〈オマエがいてくれて助かったよ。グレア〉

〈滅相もございません!?〉

　グレアが混乱してジタバタした。こんな調子ではあるが、堅実なエルと、知識豊富なグレアと、経験のある私がいるのはよいチームだろう。あたりまえのように自分も加えてしまったことに、少し笑ってしまった。

　蓮の花をレヴィに浮かべていたエルが、びくっとして振り返った。

　やれやれ。

「フェ、フェンリル？　何かおかしなところあった？」

〈エルならではの発想で素敵だな、と。感心したときや嬉しくなったとき、笑みがこぼれる〉

「そっかあ」

　エルははにかむように笑い返した。いつかエルの怯えがなくなって、自分が他者を喜ばせたのだと自信を持ってとびきりの笑顔を向けてほしい。今、そうなってもいいくらいなのだぞ、本当に。

〈きゃあ！　レヴィとっても可愛いわ〉

「うんうん、似合ってるよ～。蓮の花飾りみたいに、髪とかにもつけてみようか」

湯のスカートだけでなく、人型の頭や胸元にまで花を飾られたレヴィは、なんとも華やかだ。

きゃあきゃあと二人ではしゃいで、あれこれと話している。

レヴィはとても救われているだろう。

〈じんわりと蓮から冬の魔力が染み渡って、レヴィを変えた。温度が下がったようだ〉

〈保たれるでしょうか？　何せ心の熱い湯ですから。ちょっとプディを放り込んでみますね〉

〈ニャアっ？〉

グレアがひょいと雪豹を咥えて、温泉のすみっこにドボンと投げ入れた。こらこら……。

ずぶ濡れになった雪豹はキョトンとしていて、それからピシャピシャとしぶきを上げて遊び始めた。アレはマイペースだな。

〈も、もう、レヴィくすぐったいのだわ。うふふふっ〉

「プディも一緒に入れるんだ。今のレヴィは熱すぎないもんねぇ。……あ、興奮していてもレヴィの温度が上がってないって証明されたんじゃない？」

〈まあ！　レヴィはあなたとも同じく冬毛なのよ、レヴィって呼んでもいいわよ！〉

〈ニャア？〉

雪豹、レヴィ、エルが仲良くはしゃぎ始めた。

結果良ければ、ということにして、グレアには苦笑を向けておく。

嫌われ役にあまり慣れてくれるなよ。エルたちに優しくしてやってほしい。何？　かなり優しいつもりだと。それは個性だからしかたないなあ。

エルがまた、冬の魔法を使う。

あまりに見事で、笑みがこぼれた。

(グレア視点)

このレヴィを寝床の洞窟に連れていきたいですって？

一人でここに置いていくのはきっと「さみしい」からと。

は――――また余分にお優しくいらっしゃる。出会うものすべてを助けようとすれば、魔力も真珠も足りなくなりますよ。……と言いたいところだが、エル様は魔力量はおそろしいほどだし泣き虫なんだよな。まっっっったく、常識と現実との間で悩まされます。

〈よいかと〉

「ほんと！」

〈フェンリル様も同意なさっているのに、俺が反対するはずがございません。けれどお考えくださいね、ユニコーンがこの湯の乙女を乗せていくことはできませんので。ずっと乗せているとあたたかさがたまりさすがに冬毛が溶けますし、湯の乙女を風で冷やしすぎるとあちらも体調を崩します〉

「え？　じゃあもしかして蓮の花を置いたのも危なかった……？」

〈冬の魔法を増しただけでしょう。それならば冷やすというより、湯の乙女の強化という状態になったと思われます。よかったですね。まあ体調を崩したとしたら、現れた時期のせいなので〉

「もう、グレア！」

〈同意の上での冬の魔法でしたし。こちらが熱気のリスクを負った分、あちらもリスクを負うのは

当然なんですよ。まあそれはもういいです。どうなさいますか？　俺が運べないとすれば〉

エル様が考え込んでいる。

数秒、黙りこくって。

この人は他者を頼るのが苦手だ。俺やフェンリル様にうかがってはは駄目だと言っていないのに。

その発想が潰されるような生活をしていたのだろうが。

そういうところは、正直腹立たしい。

なんのためにあなたは冬姫様を名乗り、ここに補佐をおいているのか。

「ねえグレア、競泳水着素材だったら熱に耐えられるかな？」

〈それを俺にかぶせるというご発想でしたら、ダメですね。見た目が美しくないのはもちろんのこと、冬毛を溶かさなくなるだけで熱だまりによる走行の弊害は出るでしょう。エル様はもともと熱いのがお好きでしたが、俺は涼しさが好きですし、夏はだいたいへばっています。ユニコーンの癒しの力全開でなんとか生きています〉

「そ、そうなんだ……」

〈湯の乙女に氷をぶち込むのはダメ。移動の際の風で冷やしてもダメ。エル様がおぶっていくのも不可能ですよ、何せ崖を登るので。だからスクワットなど今すぐにおやめください〉

「うっ。考えをお見通しなのね」

〈自己犠牲は美しくありません〉

言い切ると、上下に屈伸していたエル様は、しょんぼりと膝を抱えてうずくまった。

彼女からは頼れないというなら、俺が提案するまでだ。

〈先ほど、フェルスノゥ王国の王族が使う鐘の音を聞きました〉

「えっ？」

〈えっ？〉

フェンリル様までことんと首を横にかしげられた。

くっっっそ光景が天国かよ……！　ひれ伏しそうになるのを必死にこらえ、報告するために動けよ俺の口。

〈冬の訪れの挨拶にやってきたようです。おそらく山のふもとから、こちらにアピールするために鐘を鳴らしていたのでしょう。わざわざ王族が使う鐘をね〉

〈そんなものがあったとは知らなかったが……？〉

〈使われたのは相当昔だったはず。俺がたまたま知っていたのは、あの城に会合に行ったときに耳にする機会があったからです〉

〈しまった。今年彼らを迎えるための、氷の道を敷いていないな〉

〈いきなり王族の鐘などを使ってきたのはあちらです。フェンリル様はお気になさらず〉

それに、と付け加える。

〈自力でこちらに向かってきているようです。なんとかなっているなら、王族の実力を見せてもらうとしましょう。こちらだって冬を呼ぶ努力をしたのですからね。なぜ今この話題を出したかといえば、フェルスノゥのソリを借りたらいいと提案するためです〉

「ソリを借りる？」

エル様はピンときていないらしく、ぼんやりした声だ。

〈王国民が雪山を移動するときのソリは頑丈な木で作られていて、湯に溶けません。このたびも同様でしょう。だったら湯の乙女の移動に借りてしまえばいい〉

なるほど！　というように、お二人の獣耳がピンと立った。

光景がよすぎてぶっ倒れそうなんだけど。立ってろよ俺の足、網膜は光景を刻め。

「いいって言ってくれるかなあ……？」

〈言うでしょう。エル様が頼めば〉

どうやら、クリスマスツリーの音が鐘のしらべを妨害していたことに気づいてしまったようだ。

気づけなかったのは何も王族の鐘だからというだけではないと。妨害をしたあげく借りる、ということを気になさっている。せっかく立った獣耳も伏せてしまった。まったく。自責はもういい。

〈それともレヴィに頼ませますか？〉

「……ううん、私が言う。ソリを借りたいって。だって私がレヴィを誘ったから」

エル様はそう言って、手を差し伸べる。

とろとろと湯の乙女の瞳から涙が溢れて流れていく。

……そういうところは、好ましい。

人誑（ひとたら）し、という王国の言葉を思い出した。

「グレア、アイデアまかせきっちゃってごめんね」

〈そこはお褒めの言葉をいただきたいのですけれど？〉

「ありがとうっ」

エル様がこいこいと手を振るので、側に行くと、あたたまった手のひらで紫のたてがみを撫でられた。ぐ……抗えなくされてしまう。

〈むう。レヴィのことも褒めていいのよ！〉

〈何を褒められることがあるのでしょう？〉

〈むううう！　ほぅら、贈り物をあげるからお礼を言ってみるといいのだわ〉

湯の乙女が取り出したのは、思ってもいないものだった。

〈この間、落ちてきたの。異世界のね、物がたくさん入ったかばん！〉

〈レヴィ視点〉

どうしましょう。お友達の言っていることが理解できないなんて、初めてのことだわ。

かばんを抱えた冬姫様の背中をどぎまぎと眺めるしかできない。

「あっ、非常食のパンの缶。レトルトのスープパックに、お米もある。懐中電灯と、電池と、ヘルメット。手袋けっこう頑丈なの入ってる。立派な防災バッグセットだぁ」

半分どころか九割呪文みたいなの。

冬姫様ったら急にこんなこと唱え始めて、こっちを見てくれないし、レヴィ、どうなっちゃうのかしら？　レヴィのこと嫌いになっちゃって攻撃されたらどうしよう。

湯の乙女からの贈り物は、移動中に見つけた宝物、これまでもそうしてきたわ。けれど気に入られなかったら？　って考えたこともなかった……だってレヴィには楽しいものだったんだもの……。

「あ、非常用短距離レシーバー、お湯が入り込んで壊れちゃってるや……」

つらそうな冬姫様の声。

レヴィのこと叱らないで。

「え！　どうして泣いてるの？」

〈冬姫様ってばあまりお気に入りじゃないかしら？　って〉

「え……どうして……もしかして、集中していたから難しい顔になってたのかな。心配させてごめんね。さっき言った通りだよ、まずありがとうって気持ち！」

レヴィのことを抱きしめた。レヴィのこと大好きなのね？　じゃあいいわ！

「あ、今、すごくいい温度」

〈それは何？　レヴィあのごつごつした袋が開くなんて知らなくて、現れたものに興味津々よ〉

「この銀色の袋は、スープパック。中に人間のご飯が入っているの。このシールに書かれているコーンポタージュと同じものが、腐らないように工夫して保存されている」

〈まあ！　開ける!?〉

「パックを開けたところにお湯が入ると、中のレトルトスープが薄くなっちゃうし。レヴィが近くにいてくれてるから後にするね」

そうなのね！　贈り物よりも、レヴィの方がもっといいのね。

ついていくわ、洞窟まで。そしてたくさんあたためてあげるわね。

レヴィはとっても心地いい「リーン」という音を聞いたから、冬の季節でも目が覚めたの。助けてくれるような気がしたから、お湯を溢れさせちゃったの。それなのにね、いろんな動物に逃げられちゃって、レヴィが熱すぎて避けられるのはいつもと同じだけれどさみしくて助けてほしくて……レヴィの友達の雲の精霊を探したけど、冬の空は晴れ渡っているし。新しい友達に会えただなんてそれが冬姫様だなんて、とても嬉しいのよ！

この出会いは奇跡だわ！

頭を寄せてくれる冬姫様のしぐさはフェンリル様に似ているの。青の瞳がうっとりするようなきらめきで、オレンジのお湯に映って揺らぐ。お湯にたゆたう白銀の髪はキラキラと水面を輝かせていて、ずうっとレヴィに溺れてくれてたらいいのにな。

とはいえ、冬姫様はみんなのものだから。

なごりおしくフェンリル様の元へと返す。

「ねえフェンリル。ソリに乗ってる王国の人に会うって、えっと、どうしたらいいの？」

〈こちらからは目印を出してやればいい。山頂に向かっている目的はフェンリルに会うことだから、ここに私がいると合図をしよう。彼らは冬の現状を知るために来る、そう緊張しなくていいさ〉

「そ、そう。そして私がイメージした冬について教えたらいいのね……」

〈あとは王族が新たな冬姫を拝みに来るくらいか？〉

「拝みに――――!?」

〈ふふふっ〉

冬姫様がビビビと逆毛を立てて驚いていて、フェンリル様はいたずらっぽく笑っているわ。

あら、冬姫様って尻尾はないのね。どうしてずっと人型なのかしら。面白いわ。

レヴィも仲間に入れてもらいたかったけど、ユニコーン様が立ち塞がってきた。むう。仕方ないのでプディをじゃらして気分を保つ。

〈ねえ、冬姫様ってどんな方？〉

〈ニャア〉

〈あなた喋れないのね。きっとそのうちできるようになるわ。冬姫様は、次期フェンリル様だから、なんだってできるのよ。レヴィの熱い温泉に冷たい蓮の花を咲かせたし、あなたの声も作ってくれるわ。なんだって願っていいのよ〉

〈ニャア？〉

〈あら首を横に振っちゃって……きっと幼いからまだ何も知らないのね。フェンリル様に願いを叶えていただくの。そして尊敬の気持ちの分だけ贈り物を捧げるの。それがこの雪山にずっと続いているお約束よ。……あら、プディ、冬毛に冬姫様の魔力があるわ。あなたが願ったのってその毛皮だったのね！　頑丈でお湯にも溶けなくて良いものね〉

〈ニャア！〉

プディは誇らしげに胸を突き出していて、きっと冬姫様に変えてもらった冬毛を見せつけたいのね。この子やレヴィのことが大好きな新しい冬姫様。なんて素敵なのかしら。

幸せが溢れているわ。

なんという冬かしら。

〈願うのは勝手ですけど、叶えられるかは保証いたしませんからね〉

グレア様はいじわるだわ。

フンって見下ろされると、つい、べーって舌を出したくなっちゃう。出しちゃえ。

下品です、って顔を引きつらせているけれど、おあいこなのだわ。ああ、レヴィは会話しているのね！　黙って地中にいなくていいの。ほこほこと湯気が立つ、けれどこの温泉は冬に生存していていい温度に保たれる。レヴィのごきげんもほっこり継続する。

〈プディ。あなたも冬姫様に良くしていただいたのだから、お礼をするのよ〉

〈ニャッ〉

きらりと氷の歯が光った。

雪豹からの贈り物って何かしら？　冬姫様は喜ぶかしら？　どんなふうに喜ぶのかしら？

こんなに楽しくって、冬姫様も楽しいかしら。うふふ、なんという冬かしら！

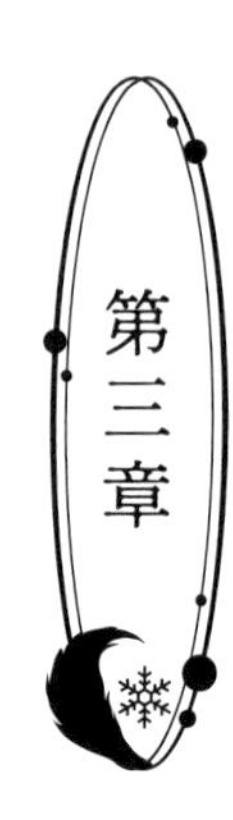

第三章

❄かまくらの小山群

いつもとは違う山の中腹で、使者さんをお迎え……目印になるものは何にしよう？

「感性でゴー」……感性をとぎすませて。

今年の冬らしい、新しさのあるお迎えにした方があちらへの誠意ってことになるかなー。

ふにゃあ…………温泉に浸かりながらっていう贅沢(ぜいたく)なシチュエーションでふんわりとしたアイデアが浮かんでくる。とろけるぅ。よし、これにしよう。

見上げると――

夜空に星がきらめいている。

周りには雪だるまがいくつも作られている。

焚(た)き火が煌々(こうこう)と燃えている。

夕方から夜にかけて、私たちはここにとどまりたくさん遊んだ。雪だるまを作って、雪合戦して、氷魔法とお湯でバトルしたり。レヴィとプディは大はしゃぎで、人型のグレアもムキになって雪玉を投げるし、私もつい童心に返って走り回った。憧れの、雪まみれ。

フェンリルはそれを眺めつつ、雪妖精と相談事をしていた。

スノーマンたちが移動したおかげで雪山が平穏になっているようで、一安心だって。

フェンリルの用事が終わったのは夜になった頃だし、山の中腹から移動できないので、みんなで一夜のキャンプをすることになった。

〈思いつきましたか？　エル様〉

ざばっとお湯から上がると、いつものドレスに冬毛を変化させる。

きちんとした服装をしていると、気も引き締まる。

「うん。かまくらを作るつもり」

〈ご説明を〉

「かまくらは、山盛りにした雪を叩いてかためて、中をくりぬいて『雪の部屋』のようにしたものです。それを複数作ります。利点はふたつ。かまくらの中はあたたかいので、洞窟で寒さをしのぐときのように快適に過ごせます。今夜ここで過ごすことを考えていました。ふたつめは、見た目のインパクトがあるので近づいてきたときに『ここがおかしい』ってわかること」

〈ここがおかしい…………〉

「ええと、フェルスノゥ王族のみなさんがやってきて久しぶりにフェンリルを見たとき、背景にこだわっていると〝映えている〟効果もあるかも？」

〈賛成です〉

グレアの同意ゲット。わくわくしているプディとレヴィに、フェンリルの笑い声。

「では、かまくらで決定！　本題の、遠くにいる使者さんにこっちを見つけてもらう目印については、ここにもクリスマスツリーを立てようと思ってます」

〈山頂と違うものを？〉

「ううん、同じものを。同じのが二つあれば、まず近いものからリサーチしてみようと思うんじゃないでしょうか。であれば山の中腹にいる私たちに会えるはずです。どうかな？」

〈フェンリル族は山頂にいる、という常識があるから、五分五分というところだな〉

「では山頂のツリーの音を消します。実を全部取ってしまえば、音は鳴りやむから。そして新しく生やしたクリスマスツリーで新たに音を鳴らします。冬の山の環境について知りたいってあちらの希望があるなら、こっちの方に来てくれるのでは？」

〈それなら私は賛成しよう〉

〈俺もです。このあたりにいる鷹（たか）とフクロウの魔物に、果実の採取を命じます〉

〈エル、ツリーを生やすのは明日の朝がいいと思う〉

「理由を教えて」

〈夜にいきなり環境が変われば、視界が悪い中でもあちらは動き始めかねない。夜にフクロウ、朝には鷹に果実を取らせて、音を止める。そのあとエルが中腹にクリスマスツリーを生やせばちょうどいいだろう〉

「納得しました」

〈こら、言葉遣い〉

「あ……ごめん～。つい、説明をしようとすると敬語になっちゃうみたい」

テヘヘと苦笑した。そうだよね、フェンリルとは親しく話そうって約束したんだから。いつもの癖だったけど、意識して使い分けられるようになりたいなあ。フェンリルには親しみを込めて、使者さんには安心してもらえるように、しっかりと。

「ツリーには一番大きな真珠を使おうかな。いい？」

〈……ああ〉

フェンリルの青の瞳が濃くなった。どうして？　鼻先で真珠をコツンとつついたフェンリルが教えてくれた。

〈その真珠は、オマエが夜にうなされていたときに流れた大粒の涙だよ〉

「……うなされてること、まだ、多いんだよねぇ？」

〈そうだ。エルの心の傷は深いということ。今夜はグレアに手を繋いでもらって眠りなさい〉

〈ユニコーンの癒しの力が快眠の助けになればいいですね？〉

「お、お～。え、未確定？」

〈そのような用途に使ったことがないもので。でも試してみる価値があるのでやりましょう〉

「ありがとう。二人とも」

いつも考えてくれている。私もその気持ちに報いたいなあ。ジーンと胸が熱くなる。

無意識に怖がっちゃうの、なんとかしたいんだけど。

獣耳を軽くつねる。

防災バッグに入ってたレシーバーに触るのもビビっちゃったし、やっぱり、半獣人になって感覚が変わってる？　……ううん、私は、思い出しそうになったんだろう。電話というもの、スマホというもの。社会との繋がりを、嫌でも連想してしまうから。

私はね、よくできるエルでいたい。

……感情制御、どうにかしなくちゃ。ただかっこ悪いってこと以上に、気持ちが荒ぶると魔力が乱れてしまうらしいから。フェンリルの魔力を継承した半獣人なんて、魔法を暴走させたらとんでもないことになっちゃう。こっちに来てすぐに洞窟で泣き叫んだときには、北風が吹き荒れただけだったけれど、より獣っぽく馴染んだ今となっては、暴走の威力も増している可能性がある。

あー！　悩んじゃダメって思うほどに悩んでしまう、ホラーみたいだ。うう。

足元につむじ風が渦巻き始めた。やば。

癒しを摂取しなきゃ——！　モフモフとしたフェンリルの脚に、ぎゅモフっと抱きついた。

「肉球を揉（も）ませてくださいぃ……」

〈おいエル様〉

〈やりたいならやるといいが？〉

私の欲望がダダ漏れしたにもかかわらず、フェンリルがすんなりと前足を持ち上げてくれる。

〈どうしたらいい？　後ろ足がいいか？〉

後ろ足の片方もぴょこんと上げて、でっかいわんこがヨガをしているようなポーズになってしまって。めちゃくちゃ可愛いのですけれど！

「後ろ足、触らせていただきまっ」

〈敬語〉

「触りたい」

〈よし〉

やってきました後ろ足の肉球ふにふにタイム……水色の肉球なのね。わらび餅かというような艶なんだけど、触ったら「むに」というハリのあるちょうどよい硬さ。あああああ〜。むにむにむにむに。しんどさが霧散していくぅ……肉球ってどうしてこう最高なのか。形が可愛くて、触り心地がやわらかくて、好きなフェンリルの一部だと思うとより好きだ。

あ――――……グレアにツノで突かれて現実に引き戻された。

〈もういいか。くすぐったい〉

「うん、とっても癒されたよー。ありがとう」

〈そうなのか？　肉球をまくらにされるとは思ってもなかったな〉

フェンリルの裏返した足に、つい、頭をこてんと預けてしまったんだ。ぷにぷにまくら、やりたくて。やった。一生ものの思い出になったわ。

〈体をベッドにされるし、尻尾はふとん、肉球はまくら。次はなんだろう？〉

「青の瞳を鏡のようにしたこともあるねえ」

〈愛娘はフェンリルを利用するのが得意だな〉

ははは！　ってフェンリルは笑ってる。優しいよお～。

〈こんなこと、身内だけの場になさいますように。フェルスノゥ王国の民といえば、総じてフェンリル様をお慕いしております。いかにエル様が冬姫であろうとも、敬意がないとみなされたら関係性に吹雪が吹き荒れるでしょうから〉

〈こらこら、そう脅さなくていい。大丈夫だよエル。そうだな……信者（グレア）が一〇万人と思えばいいから〉

「むりだ――――――！」

〈なんですって⁉〉

「しまった本音が」

〈後ろ足で泥をかけられた気分ですが⁉〉

「だってえ、グレア一馬分の信仰心にすら振り回されているのに、信者一〇万人の前でしっかりと振る舞える自信がないよー」

〈何人来ているか耳を澄ませてごらん〉

フェンリルにそう助言されたから、震える獣耳を夜風に沿わせる。

リーンリーン……風に吹かれた鈴がささやかに鳴る音が聞こえる。いや、これはどちらかというと「ベル」のような音だ。金属の内側で芯が叩きつけられる音。クリスマスツリーの果実が擦れる音とは、また違う。これを認識しようとしてやっと、取得できた。

それから人々が話す声。青年と、少女と、男性たちの低い声。

『野営の支度ができました』

『ご苦労様』

『ミシェーラ姫がここで止まってくださって良かったです。まっすぐに延びた氷の道のおかげで迷うことはありませんが、夜には、進路に動物が飛び出してくる危険がありますから』

『やけに生き物が元気ですからな。まったくなんという冬でしょう。自力で移動する植物や、異種族交流するエゾリスとモモンガなんて、雪山調査三〇年の我々でも見たことがないですな』

『うむ、そうだろうな。これまでのエゾリスといえば木の上で暮らし、秋のうちに木の実類――くるみ、モモン、メリラの種などを備蓄しておいて一か所で一冬を越す。雪面に降りてくるなんて、たまたま落ちた場合だけだった。報告例としては同種の喧嘩、木の実を落っことしてそれを拾おうとして落下、糞(ふん)を踏んづけたから滑って……』

『お兄様お黙りになって。――この山はフェンリル様の魔力に満ちていて、みな驚くべき速さで回復しているのです。まるで本当にお力を取り戻されたかのよう』

『ミシェーラ姫、そう感じられましたか！』

『かのよう、と。ここは大事ですよ？　現フェンリル様の魔力とそっくりなのですが、しかし、何か混ざっているような――』

清廉な少女の声がそう告げて、私はひやりとした。

『妙な花の香りがいたします』

『おや、獣のようなことを』

『魔力を嗅ぎ分けるのはにおいですもの』

『知らなかったな』

し、知らなかった……そういえばなんとなく魔力を全身で感じ取っていたけど、においの割合が多かったかも？

『わたくし、実際にフェンリル様にお会いしてお話をうかがうまで結論を出すつもりはございませんわ。今のところ、動植物は豊かに育っていて、雪は大地を休ませて、星々がわたくしたちのことを照らしてくれて、空気は清らかです。ふかふかとしたスノーマンがお辞儀してくださり、この雪に適応した変化をしていることがわかりました。不満などおこがましいですわ』

『いざとなればおこがましい姫になってしまう気だろう？』

『実際にお会いしてお話をうかがうまで結論を出すつもりはございませんと』

大事なことだから二回言ったのか、なるほど。

喉にたまっていた唾を、ごくんと飲み下した。

「フェンリル。四人？」

〈正解だ。息遣いが四人分だろう？〉

しまった、そっちで聞くべきだったのね。私、人間の耳の方も澄ませていたから、会話ごと聞いちゃったんだよなあ。

ミシェーラ姫……か。

すごく凛（りん）とした声の「できる姫」って印象だった。

お兄さんは学者さんみたいに博識で、お姫様のことを心配している苦労人ぽい。

あと二人の男性はおそらく、護衛なんじゃないかな。調査三〇年とは大ベテランだ。

〈たったの四人だからね。私とエル、グレア、プディ、レヴィ。こっちは五体だから負けない〉

「なんの勝負をしているの」

え、そういう価値観？　くすっとしてしまった。

〈エル、心配いらないよ〉

フェンリルはこうやって緊張をほぐそうとしてくれたのね。

「わかった。気が楽になったよ」

〈うむ。気分転換にあれもいいかもしれないな〉

フェンリルが崖のキワに視線を向けると、何やら察したグレアが、ユニコーン姿からヒト型になってそちらの方へ。

ピューイ、と口笛を鋭く鳴らす。

フクロウの魔物を呼んだんだ。

月明かりに照らされて、グレアの細身の体のシルエットが浮かび上がっている。雪と同色のフクロウたちがすうっと現れた。この山のフクロウたちは、雪の色に紛れるように狩りをするんだね。

ばさりと大きく翼がひるがえって、グンと山頂に飛んでいく。グレアは腕を振って、行くべき道を記してあげたらしい。フクロウの白い羽根と、紫色のオーロラが淡くゆらめいている。

「おとぎ話みたいだ」

「こっちがあなたの現実なんですよ」

さあ手を、とグレアが誘ってくれたので、私はそちらに歩いていって手を取る。

山頂に飛んでいくフクロウたちを見送った。

そして、かまくらの中で待っていたフェンリルベッドに、もふーん！　と倒れ込んだ。

❄ 雪山調査隊のお迎え

すっげー夢見が悪かったんです……なんてことだよ。

体がだるくてげっそりしている。この感覚だと、多分限も出ているのでは？

「おはようございますエル様」

「……めちゃくちゃ怒ってんじゃんグレア。その顔ぉぉ」

「ふうん。よくも俺の癒しの力を受けながらも、うなされてくれたもんだと思ってもいませんけど？」

「言ってる、言ってる」

「精進してまいります」

グレアは言い捨てると、立ち上がって、手のひらを離してしまった。いてて、どうやら私は手をかなり強く握っていたらしくて、指の間が赤くなって、ちょっとしびれたような感覚がある。ぐー、ぱー、としていると、私の体調がすぐれないのが許せないらしいグレアは、私の手をとり自分のおでこに押しつけた。ユニコーンの癒しの力で、しびれがひいていく。

　そして渡された真珠の数は、これまた多いなあ。

〈しょんぼりしなくていいよ、エル。グレアは出ていったけど、鷹を操りに行っただけだから〉

ふかっ、とフェンリルが尻尾をかけてくれる。

かまくらの入り口には、ツリーフルーツが山になっている。これはフクロウが夜の間に取ってきてくれたものだね。今からは鷹がこの仕事をしてくれる。

「私も、立派なクリスマスツリーを生やさなくちゃ～！」

凛とした声のお姫様に、しっかりしたとこ見せなくちゃ。

〈元気そうにしているが、気疲れもあるだろう。いつものエルのようにやれば大丈夫なのだが〉

「〝が〟……」

〈肩の力を抜くといい。外でレヴィが温泉を展開しているから、入っておいで〉

うーん。こんな大事な日に乱れてちゃ本当にダメだもんね。

私は日本で、大失敗をした。もう失敗したくないよぉー。

おとなしく外に行くことにしたけど、通りがかりにフェンリルの毛並みにふらりと惹かれて、埋もれていく。首のあたりはとくにふっさりしていて感触が良すぎる。

〈ん？　肉球もいる？〉

「最高かよ……あとで触らせてください。急にごめんね。あっ、その氷溶かそうか？」

グレアが座っていたところだけ、フェンリルの毛が凍りついている。昨夜は、グレア用の氷の椅子を作っていたんだ。フェンリルに直接触れて影響がないのは、愛娘の私だけだから。

立ったフェンリルが、フルフルと体を揺らすとすぐに氷は砕けた。

〈エルと一緒に行くことにした〉

「おおー。温泉の熱気、大丈夫？」

〈それも確かめたらいい〉

くあ、とフェンリルのあくび。冷たい風がひゅうと吹いて、気持ちいい。

かまくらから出ると、オレンジの温泉でプディがはしゃいでいた。早起きで元気いっぱいだ。

〈ニャア!?〉

「あ、私の顔つきが怖い？　これは本格的にいけないな、お化粧でもしようか」

〈まあ、冬姫様！　どうなさるの？　レヴィにも教えてちょうだい〉

「たとえば肌が白くなるように粉をはたいたり」

〈こうですの？〉

顔に雪を押しつけられた。

「ち、違う。まつげが長くなるように道具を使ったり」

〈ニャア〉

引きちぎった毛をプディが差し出してきた。

「ぎゃー!? それは尻尾の毛でしょ、大事にしなさい! そうじゃなくて」

バタバタしていると、保温ドレスを着たまま熱気に当たっていたから、のぼせてきてしまった。

鷹への指令を終えたグレアが、やってきた。

「いろいろ飾りつけてごまかすよりも、内側から回復することこそ癒しの極意ですよ」

「そんな般若顔で言われても……」

いや尋ねられても言わないよ、般若の本当の意味なんてさ。それよりも。

「それ、食べてもいいやつ?」

「俺がわざわざツリーフルーツを切って持ってくる理由はそれ以外にないでしょうね」

氷の器に乗せられたツリーフルーツは、一〇等分に切ってある。元が大きな果実だから、これくらいに切るとちょうど食べやすそう。グレアはなめらかな白の短剣を、鞘に戻した。

切られたツリーフルーツを口に含むと、しゅわり、とした不思議な食感だ。

しゅわりしゅわり、と噛むときの音もやわらかく、甘さが増している。

ツリーフルーツをもいですぐに食べたものはリンゴのような「シャキッ」「甘酸っぱい」だったはずだけど、今はまるで桃のよう。そういえば私、桃も好きだったなあ。……影響したのか。

「でたらめなフルーツですね」

「二度美味しくて、い、いいんじゃん?」

〈はは、顔色が良くなった。エル〉

あ……。フェンリルの瞳を覗き込んだら、映っている私の表情はしょんぼりもしていなくて、湯気の血行促進で隈も消えていて、口元には果実のしずくをつけている。いかにもリラックスしているよね。

「ってことは、今こそクリスマスツリーを生やすとき！」

〈そう思うよ。さあ、やってごらん〉

フェンリルが渡してくれたのは、うっすらと桃色を帯びた真珠だった。

こんなの初めて見た。

〈エルが寝ながら微笑んだときに、小粒の涙がそのような真珠になっていたのを取っておいた。今は、きっとそれがいいよ〉

「わかった」

地面に埋めて、イメージする。

天高くそびえるクリスマスツリー。たわわに実をつけていて、こすれると鈴の音が鳴る。

天上に輝く星飾りが、お姫様たちをここに導いてくれますように――。

芽がぐんぐん伸びていくから、魔力を抑える方が大変だった。この真珠、驚くほど魔力を吸収していく……いや、もしかしてこれ自体が魔力を持っているんじゃない？　私の手を離れて変化していくから。待って、待って、待って！

桃色のクリスマスツリーがそびえ立った。

こんなはずじゃなかった……。

クリスマスツリーそのものが桃色とはね。かまくらは巨大だし、ツリーフルーツの山はお出迎えのブッシュドノエルみたい。雪だるま群に、ほこほこと湯気を立てるオレンジの温泉。フェンリルたちの毛並みはフルーツ効果でツヤツヤしているしさぁ。

ここはひとつ、お迎えサプライズやっちゃいますか？


氷の道を駆けのぼり、ソリがやってくる。

リンリンリン、と鐘の音が鳴るのはまるでサンタクロースのようだ。雪の中で目立つ赤のタペストリーがはためく。赤地に、氷の紋章、おそらく国旗なんじゃないかな。

王族がフェンリル族に会いにやってくる。

本当にそうなんだ。

足が震えそうになったから、そっとフェンリルの前脚に寄りかかる。

大丈夫。私にはフェンリルがいてくれる。えらい人も、怖くない。怖くないから。

思いっきり腕を上げる。ふぁあん！　と魔法のイメージ——クラッカーをはじけさせた。

「いらっしゃいませ！」

豪速でやってきていたソリが、止まった。

動揺するトナカイたちを「どうどう」となだめて、人がトナカイとともに歩いてやってくる。

人の姿だ。

先頭にいるのは青年。私と同年代くらいで、すごく背が高い。

毛皮の帽子をかぶっていて、マフラーとの間から覗いている鼻の高さに人種の違いを感じる。着込まれたコートは遠目で見ても贅沢な素材で、氷の紋章が刺繍されている。頑丈なブーツで、がし、がし、と氷面を捉えて歩いてくるのは雪国でたくましく暮らす人のイメージそのもの。

そして一歩後ろにいる少女に目が釘付けになる。

白金のふわふわとした髪が腰まで伸びていて、風に伏せられたまつげは長い。真っ白の肌に、雪が付着してはその冷たさで頬だけ赤く染めている。ビスクドールのような可愛らしい容姿。けれど顔を上げると、大きな瞳はしっかり見開かれていて、なんというかものすごい迫力がある。

視線がクリスマスツリーから一切ぶれていないんだ。瞬きもほとんどしない。

ソリを後ろから押しているのが、お付きの人なんだろうな。

けれど、王族らしききらびやかな二人を前に出しちゃってよかったのかな?

坂を登りきり、視線が同じになったタイミングで、私はそっと頭を下げて挨拶をした。

獣耳がよーく見えるように、ね。


(ミシェーラ視点)

なんということかしら。

現れた少女を見て、わたくしたちは唖然としてしまいました。

魔狼の耳を持ち、白銀の容姿をしています。まさしくフェンリルの後継者そのものですし、しかしながら半分以上「人」ではありませんか。ご挨拶をあちらからいただくなんて、思ってもいなくて、動作が遅れてしまいました。今からでも取り戻しましょう。

腰を落として、胸の前で手を組み、頭を深く下げます。フェルスノゥ王国式の最敬礼。

「「「フェンリル様。フェルスノゥ王国の遣いが参りました。お導きを誠にありがとうございます」」」

――お導き。

顔を上げたときにまた見えた背景に、わたくしたちは真面目な表情を保つのに必死ですが。

サーモンピンクのクリスマスツリーですって！　さらに、鮮やかな果実がたわわに生っていてリーンリーンと音を立てています。これがお導きとなり、わたくしたちは合流することができましたが……王族の鐘の音に酷似しているのは、この少女の意図があってのことでしょうか。

やけにふんわりした顔つきのミニスノーマンが点在していて。

見たこともない綿雪の花が咲き乱れている。

氷の翅を持つ蝶々が舞う。

先ほど使われたはじける氷魔法からは、リボンのようなオーロラが生まれていて、まるでプレゼントを開けたときのような光景を連想させます。

……めまいがします。

オレンジ色の精霊は、もしかして伝承に聞く湯の乙女ではないかしら？

絶滅したと報じられていた古来種の雪豹がいるのはなぜ？

この少女はいったい――

疑問をいったん呑み込んで、王族たるもの冷静に、

「このような場に呼んでくださり誠にありがとうございます」

……お兄様！　まさか開口一番に挨拶をするのがあなたただなんて、この会合を取り仕切る理由があるのでしょうか？　いえ、絶対、いるものあるものの観察に心ときめかせているだけでしょう？

はあ、気が抜けてしまいますね。

お兄様の隣に早足で並ぶ。

「わたくしはフェルスノゥ王国の姫、ミシェーラ・レア・シエルフォンと申します」

フェンリル様の前においては、わたくしの立場が最も上となります。

あちらの少女は、フェンリル様の方を向いて何事か尋ねました。

い、獣の音なので、聞き取れない。その寄り添う距離感はなんですの。胸がざわざわとします。

「〝よく来た〟と、フェンリル様が」

グレア様が翻訳してくださり、フェンリル様のご意思をうかがえてホッとしました。ここへの訪問を歓迎されていない可能性もありましたからね。氷の道はいただけなかったから。

「初めまして。私、エルと申します。フェンリルの魔力を受け継いでいて、雪山の生き物たちには冬姫と呼ばれています」

少女の声は、わたくしたちに話しかけるときにはきちんと人間のものだ。雪原を抜けてゆく風のようにすっと耳に入ってくるけれど、水が固まり始めるときのような軋（きし）みもある。緊張していらっしゃるのね。

——冬姫様！

わたくしのなるはずだった立場に、この少女が。

合点がいった。冬が曖昧なはずです。幼狼がイメージした冬なのですね。

いろいろと質問責めにしたいところですが、まず伝えなくてはならないことは一つです。

「今年の冬を呼ばれたのはあなたでしょうか？」

「そうです。フェンリルに手伝ってもらいましたけど」

「手伝った方がフェンリル様！　ではエル様のお力が主力だったのですね」

「あ……多分そうです。私のイメージでこの冬を呼んでいて、一緒に魔法を使ったフェンリルが扱った魔力も、私のものだったらしいですから」

「エル様。フェンリル様。フェルスノゥの民を代表して、ミシェーラが申し上げます。神聖なる雪山と我らが王国、そしてこの世界に、冬を呼んでくださり誠にありがとうございます……！」

膝を完全に曲げきって、祈るように頭を下げた。

これは本当に、どれだけ感謝しても足りないくらいです。

山頂を目指す旅路で、様々な景色を見ました。そのどれもが生命に満ち溢れて、わたくしたちの理想以上の冬なのだもの。彼女は賞賛されるべきですわ。

エル様が頬を染めると、ふわりと冷風がやわらかく吹いた。

獣耳をこきざみに揺らす彼女は可愛らしくって、しばらく見惚（みほ）れてしまった。

「〝他の者の意見も聞こうか？〟」

グレア様が、会話の主導権をエル様からフェンリル様に移された。

もう少し、エル様からの素直なお言葉をうかがいたかったのだけれど。

「承知いたしました。フェンリル様、我々にお声がけいただきありがとうございます。グレア様、お声を伝えてくださりありがとうございます。使者に自己紹介させますね」

私の後ろでお辞儀の姿勢を保っていた三人が、顔を上げた。

「クリストファー・レア・シエルフォンと申します。フェルスノゥ王国の第一王子です」

「近衛隊長をしております。ザラニスです」

「調査隊として三〇年勤めております、マークです」

そして三人はさらに後ろに下がった。

あらかじめ打ち合わせていた通りに、部下の二人が、お兄様の腕を持ってともに後ろに下がらせている。そう、ここはわたくしに、元冬姫候補としてけじめをつけさせてくださいませ。

「この場にいるのは人が四名、トナカイは六頭です。すべてフェルスノゥ王国民でありフェンリル様をお慕いする冬の民」

手袋を外してみせる。

爪が氷色、つまりフェンリル様のご加護を賜っていることを表している。

人は生まれながらに、四季のうちで最も影響を受けている色に爪が染まる。その季節をつかさどる大精霊に、わたくしたちは本能で尊敬を抱く。信じろと言われたら信じるし、違うと言われたら己の意見を見直す。それくらいに影響力がある存在だからこそ——エル様を見つめる。

この方を見極めなくてはいけないわ。

幸いにして、エル様の爪は氷色。わたくしたちの同志ですね。

ではどのような存在なのか。

「どうかお聞かせいただけないでしょうか。フェンリル様。みなさまに何が起こっていたのかを。このたびの冬の特徴を。わたくしが召喚魔法で呼ばれなかったのはなぜなのかを。お言葉を賜りたくて、はるばるここまでやってきたのです」

「随分恩着せがましい物言いを……」

グレア様が、ボソッと小声でおっしゃったので背筋が凍る思いでした。

まさかフェンリル様のお言葉なのでは……と思いかけたところ、エル様がグレア様の紫髪を引っ張った。

引っ張った!?　ユニコーン様のたてがみを!?　今は人型ですけれど紫髪はたてがみに相当するはず……え、引っ張った!?　やりとりは背中に隠しているつもりのようですが、エ、エル様、わかりますよ。グレア様は少々のけぞって「いってえ」とか言っていますから。えっ、ユニコーン様が
「いってえ」？？？

混乱を顔に出さないように、けほん、と咳払いをする。

「すみません、フェンリルの言葉は私が通訳してもいいですか？」

「エル様が……？　通訳は補佐のユニコーン様の役のはずですが」

「私にも獣の声がわかることを知ってほしいんです。だからやらせてもらいたくて」

「もちろん異論はございません」

「ありがとうございます」

エル様は胸に手を当て、会釈されました。

所作が落ち着いているので、わたくしたちも同調したように心が落ち着いてゆきます。

「みなさんに初めましてと言ったように、私はまったく得体の知れない存在だと思います。しっかり安心してもらうために、通訳も、冬の魔法も、見ていただきたくて支度しておりました。クリスマスツリーや、クラッカーの魔法など。そうしないと、わかり合えないはずだから。わかり合えたらいいなと思っていますから」

エル様は淡雪のようにはかなく微笑んだ。


それからうかがった情報の数々は、とうていわたくしたちに受け止めきれる情報量ではなかった。

フェルスノゥ王国に持ち帰らなければ、首を振ることひとつ、してはいけない。

「復唱させてください。エル様はもともと『ノエル』というお名前で、フェンリル様に名捧げをして魔力を回復させることができた。雪山に落ちてきたのはたまたまで、フェンリル様の毛皮に馴染んだのも、獣の言葉を習得したのもたまたま。魔法がない異世界からいらして、魔法陣に割り込んだことについて自らのご意思ではない。しかしなっちゃったものはしょうがないからと、フェンリル様に教えてもらいながら、初めての魔法で、冬を呼んだ――」

「合っています。けれど初めての魔法は、着ているものを冬毛のドレスにしたことだけど……」

「それは生物の持つ生命力を変換したものですから、厳密には魔法とは言わないんです」

「そうなんですか……？」

「血が出たら、かさぶたになるでしょう。寒さを覚えたら、氷色の爪を持つものは体温が下がり寒さをあまり感じなくなる。動物であれば冬毛に変化する。そのようなものですから……エル様の初めての魔法は、冬を呼んだことです」

「ひえっ……」

彼女は青ざめて、震えている。

無自覚だったというの。とんでもないチャレンジをなさっていたようですね。

フェンリル様がエル様に顔を寄せられていて、エル様は胸毛のあたりに埋もれていて、あれは慰めているのでしょうか。初めて応対した獣の作法、わからない分慎重に進めなければ。しかしそう己に言い聞かせても、憤りは湧き上がってくる。

（冬の魔法がもし暴走していたら世界はどうなっていたことか……！）

部下が小声で呟いてしまった。こら、聞こえたら揉め事になりますよ！　調査員の口をとり急ぎ、氷魔法でくっつけておきます。唾が凍って唇が閉じてしまい苦しいでしょうが、今はそれよりもフェンリル様のご機嫌を損ねないことの方が大事ですから。

わたくしも同じ感情はありますが、過ぎた「もし」に固執するつもりはございません。わたくしたちの個人の感情など大精霊の事情の前では優先すべきではない。エル様には頭を下げましょう。

「エル様。ご翻訳ありがとうございました」

「あ、いえいえ。お役に立てたなら良かったです」

軽やかな口調とはうらはらに、彼女の獣耳はぺたんと伏せている。

なるほど……。わかりやすくていいですね。

「状況をそれなりに把握できました。ところで、雪山の転移魔法陣も消失しているのですね？」

「そうみたいです。フェルスノゥ王国の方の魔法陣も、消えているんですよね？　〝転移魔法はエルが通ったことによって役割を終えている。後になって再構築されることはない〟……と、フェンリルから」

「国と共有いたしますわ。それでは、雪山の調査をさせていただいてもよろしいでしょうか？」

「あ、はい……あっ」

エル様はこちらが相談することに返事をするばかりで、ほとんど提案をしてきません。

今も、何かを思い出したようなそぶりを見せたけれど、こちらから聞いてあげなければ言ってこないようですね。そんなつもりはないのでしょうけれど、獣耳がまたしても伏せています。

フェンリル様にまた相談をしている。尻尾は、ない。

半獣人として不完全な異世界人で、魔法はまだまだ勉強中。フェルスノゥ王国のこと、雪山のこと、世界のこと、知らないことが多すぎる。あの少女が冬姫様だなんて。

いつのまにかわたくしは拳を握りしめていた。

「ミシェーラ姫。私、エルのことを、どうか冬姫って呼んでいただけるでしょうか？」

「無理です」

「え」

エル様の背後で、ツリーの飾りがパーン！　とはじけた。ショック！　と彼女の動揺に影響されたかのように。

どうしたのかしら、わたくし、こんなにはっきりと言うつもりなんてなかったのに……。

甘い果実のにおいが、もんもんとあたりに充満する。

でたらめなほど濃い魔力が、体に染み込んでくる。

はあっ、と息を吐くと氷の粒が吐き出された。

ここまで言い切ってしまったのならば、言葉を失くしているとより不利になるわ。伝えなくては。

「わたくしはエル様の経緯について納得しました。このたびの冬に心より感謝しております。しかし、冬姫様とは呼べません。これから世界を担うにしては、あなたはあまりにも繊細すぎる」

喉が凍てつくようなのに、言葉がこみ上げてくる。

「やはりわたくしが、冬姫となるべきですわ」

冬姫の条件

……ミシェーラ姫の言うことはまっとうすぎて、反論の余地もないよ。

「今、動揺して魔力を拡散なさったこともわたくしの発言の理由です。異世界では魔法がなかったとうかがいましたが、その感覚を生まれてからずっと持つわたくしと比べてどうですか？　通訳力、氷魔法、と見せてくださいましたが、エル様ご自身の『冬姫は私だ』というお声を聞くことはありませんでした。断定なさらないお心でいらっしゃる。この雪国についてずっと学び、冬姫候補として獣になることを覚悟してきたわたくしと比べてどうでしょうか？　エル様」

「…………」

「勝ち負けではございませんが、比較はさせていただかなくては。冬姫候補には最もふさわしい姫君が選ばれるのが伝統なのです。世界を守ってゆけるように」

　重い。

　伝統という言葉の重さ、そして自分は世界を背負うぞというミシェーラ姫の覚悟の重さ。これは重いって表現でも足りないな……壮絶な心の強さって方が表現として適切かも。ミシェーラ姫からたちのぼるような魔力に圧倒される。

　それに比べて、ひゅうっと私が息を吐くことの、なんて、か細い。

　こんなふうに「どちらがふさわしいのか」なんて言われたら、私を冬姫様って呼んでって言葉が、もう出てきてくれないよ。

〈エル〉

「……な、何、フェンリル」

〈落ち着きなさい。守ると言っただろう〉

　ふうううっとフェンリルの息が北風になって私の白銀髪をキラキラさせた。

さらさらと髪が元に戻っていく感覚は心地よくて、こんなに心地よくっていいのかなあ。うるりと瞳が潤むのがわかる。そして目尻からこぼれた真珠が雪面に落ちて、かすみ草のような花を咲かせた。

（……あ、新種）

って青年の呟きが聞こえる。

「たしかにこの冬を呼んだのはエル様だとわかります」

ミシェーラ姫の頷き。そう、否定をされているわけではないんだ。ただ比較して、私は劣っている方。冬姫として残れなかった方というだけなの。

うわっぷ。視界が真っ白。フェンリルがくっついてきてくれてる。

「フェンリル様とそれほど密着して、悪影響を受けていないのだから、エル様こそが魔力を受け継いでいるということはよくわかりますわ」

「……そ、〝そうだろう？　ではその上でオマエが不安に思っていることを言ってみなさい〟」

「わたくしの不安……」

ミシェーラ姫はまっすぐに私を見たまま、すぐに口を開いた。

「歴代の姫君たちは、この世界の冬を守るためにと志を持ち、冬姫への継承に挑んでおりました。人から大精霊に――己をまるごと変えてでも、必ずやり遂げるのだと。今代フェンリル様が残した手記も拝読いたしましたよ。フェルスノゥ王国と世界の冬を、とても清らかに願っていらした……」

フェンリルが人間だった頃の手記！

私の心に衝撃が走る。

ああっ、かすみ草の花がポップコーンみたいにはじけてしまった。

ちょ、フェンリルそこ噴き出して笑うとこじゃない。

ミシェーラ姫は気にした様子もなく、真顔のまま語り続ける。

「冬フェンリルとして雪山に生き、人の生活を忘れ、冬に尽くす覚悟がおありなのか」

ミシェーラ姫が、私に問いかけて、一歩前に踏み出してくる。ぱきり、と音がするのは雪の下に霜柱が現れたからみたい。でもそれだけで抑えられている、激情の制御もできるんだ。

まるで圧迫面接のよう。冬の女王の器ってこうあらなくちゃいけないのかな。

〈グオオオオン！〉

フェンリルが吠えた。

「〝やめなさい。冬の安寧を願うために必要なのは、そのまま、安寧を願う心なのだよ。覚悟とか、清らかさとか、そういうものではないのだから〟」

「どういう意味ですの？」

「〝この世の誰かに笑顔でいてほしいと想う心があればいいんだ。弱っている者に、助けたいと手を差し伸べて、そうすればもう冬フェンリルにはなれる。身近な者を助けているうちに、やがて世界のことを大切に思っていくんだよ。感覚的なことだが、私は身をもって知っている〟」

フェンリルがそうっと目を伏せる。昔を懐かしむかのように。

「〝私にも幼狼だった頃があり、先代フェンリルに世話をしてもらったものだ〟……あ」

「……！」

「〝オマエたちは忘れてはいないか？　冬を願う者は、自分たち以外にもいるということを。そう、先代のフェンリルだな。エルのおかげで力を取り戻した私がここにいるわけだが？〟」

フェンリルがくすくすと笑う。

淑女が扇で口元を隠して笑うような、とても上品な声だ。

もともとお姫様だったんだよねえ……そして冬の女王フェンリルになった人だ。

「〝私の手記を読んだそうだが、その頃の記憶はないよ。獣の姿になるときに、人間だった記憶は消えてしまったから。今どれだけ覚悟していたって、詰め込んだ学びがあったって、フェンリルになったらまた一からやり直しだ。幼狼になりたてのときは、魔法を使うこともままならないぞ？〟」

「……そう、なのですか？」

ミシェーラ姫が、がくっと膝をついた。

フェンリルのその次の言葉は、翻訳しないことにした。きっとフェンリルも私に判断をまかせたんだと思うから。

〝オマエよりも、エルの方が立派な働きをすると想定できる〟。

立派とか、そういうことフェンリルも比較したくなかったはずだ。

だけど、それを大事にしているミシェーラ姫にはこう言わないと通じないと考えた。ペタリとしているフェンリルの獣耳と尻尾を見たらわかるよ。私たちを心配している。……言わないことにしたけどね。もう十分、ミシェーラ姫は自責しているだろう。

なんだかミシェーラ姫にもしょんぼりとした獣耳があるかのように、感じられる。落ち込んでいる雰囲気だけじゃない、彼女からも、わずかに獣のにおいがするの。これまでフェンリルに馴染むため努力してきたことの表れなんじゃないかな。ツリーフルーツから溢れた私の魔力を吸い込んで、己の力に変えている。

すごく強い人。

「ミシェーラ姫」

「なんでしょう。エル様」

「あのね、撫でてもいいですか？」

「……どうぞご自由に。しかし、なぜ？」

「私とフェンリルがわかり合えたのは、触れ合ったからなので」

私もしゃがみ込んで、白金の髪をそうっと撫でていく。ふわふわとした感触。繊細でやわらかくて、とっても大事に手入れされてきたのであろう美しい髪だ。これを捨てて獣になろうとした。

ミシェーラの目が、ちょっぴりせわしなく瞬きする。

「エル様の魔力が直接流れ込んできています」

「あ、そうなんだ……自分ではわからなくて」

「あなたにとっては微量なのでしょう。わたくしにとっては大事（おおごと）ですが……はぁ。わたくしなど比較にもならないほど魔力量が多いのですね。すごいです」

「体、つらくない……？」

「心地よくて、好きですわ」

ほんわりとミシェーラ姫が微笑んでくれた。

うわ……！　なんて可愛いんだろう。思わずうっとりして、手が止まってしまったくらいだ。ミシェーラ姫の方から頭を左右に振ったから、ああ撫でるのを止めちゃってごめんねって、また撫で始めた。ゆったりと時が流れて、一秒が一〇秒ほどにも感じられた。

「エル様。どうか聞かせてください。フェンリル様のことはお好きですか？」

「もちろん」

「じゃあ、大丈夫でしょうか……」

さっき、誰かに笑顔でいてほしいと想うこと……と話したことへの確認なんだろう。異世界からやってきた私には何もないはずだから、好きなものはこの世界にもありますか？　って。私は頷いた。

「私、成長していきたい気持ちです。フェンリルが教えてくれるし、補佐のグレアや、レヴィやプディもいて。今年の冬はみんなに協力してもらってなんとかなりそうですし、来年からは成長した私にご期待いただけたらなと。……冬姫は私、とはまた違ってしまいますけど、お返事とさせてもらえますか？」

「それでしたら、わたくしのお返事も異なります」

ミシェーラ姫はほうっと呟いた。

「冬姫様」

「……！　ありがとう！」

「ふふ、こちらこそですわ」

ミシェーラ姫の心を考えると、葛藤の末に言ってくれたはずだ。

自分がこれまでしてきた努力を、私の成長に託してくれた。頑張らなくっちゃね。

「あの……こめかみの上あたりを何度も撫でていらっしゃるのは理由がありますか？」

「えっと感覚的なものなんだけど、ここに、ぴんと立った獣耳があるような気がして」

「まあ。もしかして、だからなのかしら？　この雪山に入ったときから、おかしいくらい気持ちが高揚してしまっていて。わたくしってばおこがましくも幼狼のつもりだったかもしれません」

「それでいてあの冷静さなんだからすごいですよ」

「ふふ、光栄ですわ。フェルスノゥ王族たるもの高貴でなければ」

そんなあなたの背後でお兄さんたちが雪面に倒れ伏しているけど……大丈夫かな。ええと耳を澄ませると（尊いっ）とか言っているけどフェンリル尊さに己の醜態……げふんげふん。

あ、ミシェーラ姫の魔力がお兄さんの方に一瞬向かって、静かにさせた。

兄妹(きょうだい)の力関係がわかってきたなあ……。

「幼狼っぽくはなるんですよ。フェンリルの魔力に触れたばかりのときって、私も、かなりはしゃいじゃったんですよね。感情が制御できなくて、思っていたことがそのまま口から出ちゃったり」

「まあ」

ミシェーラ姫は上品に口を押さえた。

何か、言ってしまいたくない本心があるんだろうな。

でもね、

「今だから言えちゃうかもしれませんよ？」

「！」

「なんでも言っちゃえ」

笑い交じりに軽く伝えた。冬姫の席について心残りがあるなら聞いておきたいし、彼女だけがまた我慢する繰り返しにならないように、私にできることは、気持ちの受け皿になることだから。

「ミシェーラ姫のことも、私は好きだと思います。なんていうか、愛しい気持ち？　世界の誰かを大事にしたいっていうことを言うのかなって。感覚的なものですけどね」

「どのようなところが？」

「頑張りやさんなところ。それが報われてほしいっていう気持ち」

「素直すぎるくらいですね。だって、わたくしが冬姫じゃなくなってからそんなこと言うんですから。ああ、冬姫様の本心が純粋だわ。…………言っちゃおうかしら？」

ミシェーラ姫はふわふわと赤ちゃんのようにピュアな微笑みを浮かべている。

どうか、私に冬姫を譲ってくれたこの子が、苦しみませんように。

白金の髪を撫でていた手のひらを、そうっと離した。

ミシェーラ姫は勢いよく立ち上がり、背筋を伸ばした。

「わたくし、フェルスノゥ王国の女王様になりたいのです！」

予想外だよ!?

❄ミシェーラ姫の本心

（クリストファー視点）

なぜこうなったんだ。予想外が過ぎる。さっきまで妹ミシェーラと麗しき冬姫エル様を拝見していただけなのに、急に矛先がこっちに向いてきたんだが。ドスッと刺さったさ、そりゃあ。

「お兄様、次期国王の座を譲ってくださいまし！」

「なんでそうなる!?」

「これから理由を説明いたしますので、ご理解ください」

「待て待て……拒否権がなさすぎる。くっ、僕がなんでと聞いたのは迂闊だった……」

「オホホホホホホ」

おかしいだろう!?　なんなんだその高笑い。なんで、の言質を取ってみせたのはミシェーラらしいけれど、外面を気にする妹が、ここまで乱れるなど。

「わたくし、フェルスノゥ王国初の女王様という立場に、ずうっと憧れておりましたの！　フェルスノゥ王国の伝統として、いつでもフェンリル様の代替わりになれるよう、姫は政治的立場から除外されておりました。でもそのお役目はエル様が引き継いでくださったわけですし」

今だけはお名前で呼んだことをお許しくださいまし、冬姫様、とフォローまで完璧だ。

こら、話をふられた彼女は唖然としているじゃないか。

ずい、ずい、ずい、とミシェーラがこっちに歩んでくる。

「しがらみは消えました。わたくしが女王に立候補することについて、いかがでしょうか？　国と民を想う気持ちは十分にありますし、政治のことも勉強しておりますわ」

「勉強していないだろう。姫君のたおやかな外交と、自国を動かす政治学は別のものだ」

「お兄様が学んでいた政治の勉学はわたくしも一句一言違わず復唱することができます。録音機で先生方の授業を記録したり、施錠を解いて教科書を拝読したりと」

「何をやっていたんだよ⁉」

「今言った通りのことを。宝物庫にあった異世界の録音機を、幼少期にお父様にいただいておりましたから。そのときの約束通り〝有効活用〟しておりました」

「そんな頃から、まさか女王の座を狙って……？」

「夢物語でしたけれどね」

ミシェーラがはかなく微笑む。

いや違うんだよな、いくら冬姫様のはかない雰囲気を真似しようとしたところで、妹の強情なまでの眼力の強さはごまかせない。

妹はいつだってそうだ。

とても器用で、男よりも有能で、けれど伝統のために我慢してばかりだった。

幼狼になって解き放たれて、まず語るのがこれとは耳が痛い。

「……フェルスノゥ城の頂上から街を眺める景色が、わたくしは何よりも好きですわ。厳しくも工夫して過ごす頼もしい人々、冬には真白に染まる美しい街。一筋縄ではいかない木こりをまとめたり、北の船の漁師と商談をしたり。国を統べるお父様の堂々とした姿が、大好きです」

これ、愛娘にそんなこと言われたら父上は陥落するんじゃないか。

それにしても、本心を伝えるとはなんともすがすがしい……。

僕は絶対に言えない。

不満が口をつくのがわかっているからだ。政治を背負っていることが重かった。臣下からの期待はまるで足枷のように感じていたし、どんどん増える仕事をこなしていくことに必死で、その先の民の顔まで想像する余裕もなかったんじゃないか。ほら、思い出そうとしても数字しか出てきてくれない。父上の背中は大きく、僕ははたして良い国王になれるのか？　と自分に問いかけてしまう毎日だ。良い国王になるのだ、と言い切ることができない。

気持ちで負かされてしまう。

しかし立場は変えられない。首を横に振る。

「志は認めるが、頷けるような内容ではない」

「いくじなし」

「うっ!?　当たり前のことを言ったまでだ。この場において兄妹間でのみ、王位の相談をしていいわけがないだろう」

「お許しをいただいたのに？」

「やめなさい。冬姫様のお耳が伏せてきてしまっているから」

小声で注意したんだけれど、僕の声を拾ってしまったのか、冬姫様の後ろではポポポポーンと雪の花がはじけた。あれどうなってるんだろう……生態がすごく気になるな。

しかし視点をミシェーラに固定し、言い聞かせる。

「冬姫様がおっしゃっていたことを借りるなら、ミシェーラは今、はしゃいでしまっている。言いたいことを言うのは、ご理解をいただいたからまあいい。なんなら好きなだけ言え。ここで起きたことは僕の胸の内にとどめておくから」

「わたくしはフェルスノゥ王国の女王になりたいですし、お兄様は雪山調査隊にずっと憧れていたのでしょう？」

「僕のことは話さなくていい」

「そうはまいりません。わたくしがここまで内心を話したのですから、この場限りということで、お兄様だって吐露した方がよいのです。もう二度と言えないかもしれませんよ」

「構わない」

「いくじなし！」

子どもの癇癪のような……まあいい、僕が浴びておこう。

「植物図鑑の作成！　海洋生物の魚拓コレクション！　ソリ作り大会優勝！」

僕が好きなものを並べたてて作戦か。まさしく子どもだな。今のミシェーラには、好きなものをチラつかせたら食いつくという確信でもあるのだろうか。いや女王をチラつかせたらミシェーラはスッポンのごとく食いついて離さないだろうから、言わないぞ。

湯の乙女様が、なぜだか僕の腕を掴んだ。伝承通りの液体の感触の手、ぞわりと好奇心が疼く。

〈あなた！　ソリを作ることができるのね？〉

……何をおっしゃっているのか聞き取れないな。

「冬姫様、グレア様、お手数をおかけいたしますが、通訳をお願いできませんか？」

「えっと、私が言いますね。レヴィは〝ソリを作ることができるのね〟って言ったんです。実は、ソリのことでみなさんに相談しようと思っていたことがあって」

「お聞かせください」

「湯の乙女レヴィを山頂まで運びたくて、木のソリをお借りしたかったんですよ。私たちの氷魔法のソリだと、レヴィの水温が下がりすぎて体調を崩してしまうので」

「そうでしたか。冬姫様のお願いでしたら、ぜひお手伝いさせてください」

となると、あの山頂まで行って折り返し帰省になるのか。まだ山の中腹だ。フェルスノゥ城に帰るまでには随分と時間がかかってしまいそうだな。冬姫様のこと、ミシェーラのこと、早く報告したいことは山ほどあるのだが……致し方ない。帰宅が遅くなるにつれ仕事がたまっていく……。

しかし冬姫様の控えめな微笑みを見ていると、自然と頷いてしまう。

「お手数おかけします。国への連絡もあるのにすみません……」

「いえ、お兄様を置いていきますから」

ミシェーラ!?

「わたくしたちが二手に分かれたら、どちらも完遂できますもの。お兄様はソリ作りと雪山の調査を、わたくしたちは情報を国に持って帰りますわ。それならば冬姫様に謝らせてしまうこともございません」

「……ミシェーラ。正確に伝えるように、な」

「もちろんです。この氷の爪に誓って」

ミシェーラが手先を揃えて、胸に手のひらを添えた。

この誓いを破る国民はいない。であれば僕も、覚悟を決めるしかない。

「い、いいんですか？　えっと、王子様……」

「クリストファーとお呼びください。僕の能力がお役に立てるのならば、わずかばかりですが、冬を呼んでくださったお礼を捧げさせてください。雪山にしばらくとどまることにご許可はいただけますか？　もともと、毎年数十日間は雪山調査員を送らせてもらっていましたが……」

「ちょっと待ってくださいね」

冬姫様がフェンリル様の元に走っていく。

「〝問題ない。こちらの都合で山頂に連れていくのだから、そこで寝泊まりしたらよい〟って」

「山頂を訪れてもよろしいのですか!?　ありがたきお言葉」

つい喜びが滲んでしまったな。

冬の山頂といえば、フェンリル様が住まう聖なる場所として、これまで立ち入りが許されていなかった。いったいどのような景色なのだろう？　どのような動植物がいるのだろう？　見たこともない神秘で溢れているに違いない。

僕の中の幼い好奇心が、歓喜の悲鳴を上げている。

「よろしくお願いします。あ、私のこともお好きに呼んでください」

冬姫様って長いかもしれないので、と彼女が言う。

「プリンセス。お導きを誠にありがとうございます」

六文字から五文字かあ……って指折り数えていらっしゃる。そんなお姿も、なんとも純粋で、新雪のように清らかだ。

このたびの冬を知りたい。

第四章

白のソリ

雪山調査隊のみなさんは二手に分かれてくれて、クリストファー王子……クリスは山にとどまり、ミシェーラと部下二人が王国に帰っていった。まさかこんなことになるなんてね。

「さっそくソリを作りますね」

「え、さっそく？　お疲れじゃないですか？」

「わくわくしています」

タフだ。登り坂をやってきたばかりなのに。クリスは照れたように小さく笑う。

「童心に返るような心地です。昔はよくソリを作っていました。雪国の男子の間では、ソリをうまく作る遊びが人気だったんですよ。小山で滑って、一番早く滑ったら勝ち」

「やんちゃな男の子って感じがします」

「王子であろうと、勉学を始める前はただの子どもですから」

せっせとロープを縛り、ナイフで木にくぼみをつけて組み合わせ、私たちはそれにふさわしい太い枝を調達してくる。幸い、スノーマンの雪崩のなごりで木材が豊富に転がっている。

またたくまにソリが形になった。

「いかがでしょうか」

「こんなに手早く作ってもらえるなんて。正直、ソリを一から手作りって聞いたときには、今夜もここで寝泊まりだろうなあって思ってました」

「ご期待以上に働けたようで良かったです。ソリは材料の組み合わせですからね。慣れていれば早く作れます」

「それだけじゃないですよ。クリスの魔法がすごかったから」

「僕は平凡なものです。妹ほどの威力も魔力量もないので、ちょっと補足してやるくらいしかできないんですから」

嫌味なく謙遜しているけどさ、柄だけのナイフに氷の薄刃を作り出したり、筋肉を強化して丸太を運んだり、普通にできることじゃないと思う。あのグレアでさえも感心してたくらいだから。

「その補足がすごいんですよ！　いいなあ。私はまだそんなにも使いこなせない」

「僕も魔法の訓練はしていましたから、すぐに追いつかれると困ってしまいますね」

会話がスマートだ。王子様としての外交術が活かされているのかもね。

だからこそ彼の努力もよく見えて、ミシェーラ姫と王座バトルの流れにさせちゃったのが申し訳ないよー。

「解説させてもらっても？」

「はい」

「モミの木は大変素直にまっすぐ下に伸びる樹木です。太い根をしっかりと張り、雪崩に耐えるほどのものも珍しくない。この頑丈さと寒さへの耐久性は、フェルスノゥの民を表すとして伝統紋様に広く取り入れられております。深緑の枝葉を広げる針葉樹は雪とのコントラストが芸術的観点から見ても見事で、他国の冬の絵画にもよく描かれます。また木材としてもよい。割れにくく仕上がりが美しいので、ピアノやヴァイオリンの材料にもなるほど——」

イキイキしている。けっこう長いなあ。よほど語りたい内容というよりは、彼の性分なんだろうな、どんどん話が長く細かくなっていくのは。話し方がうまいからついつい聞いてしまうんだけど。

「そろそろ出発しますよ」

グレアのチョップ！

クリスは王子様なのにそんなことしちゃっていいの⁉

頭押さえてうずくまってるじゃん。どんだけ力を入れたの。

「俺も身体強化の魔法くらいは使えますけどね」

こ、この馬……張り合ってやがる……！　そういえばさっきフェンリルが〈良い魔法だな〉とか呟いてたっけ。ジェラシーを反映させるんじゃないよ。チョップしても褒められないからね？

「治してあげてよグレア」

「ユニコーン種族は女性しか治しませんので」

「もー！　そんなこと言ってる場合じゃないのに」

「だ、大丈夫ですよプリンセス。グレア様も。語りすぎた僕が悪いので」

よくミシェーラにも注意されるのです、と言う彼は、年下の女の子の言葉をきちんと受け止めて反省もできるような真摯な人なんだろうと感じた。

「これツリーフルーツっていうんですけど、どうぞ。食べたら、魔力や体力回復の効果があります。この冬から新たに生まれたものです」

「新種ですか！」

「しんしゅ……まあそうですね」

渡すと、彼はそのままかじりついた。皮を剝いてもいないけど、食感の違いを味わっている？

「すごい……体に染み渡っていくようです。僕程度の魔力ならもう全快です。血の巡りに乗るように魔力も循環するので、体の末端が『冷たくなっている』ことによって魔力十分だと判断することができるんです。わかりやすいのは足の爪ですね。体はあたたかく、しかし末端が冷たいこと。心地よい冷たさであること。これで僕たちは判断しています」

「教えてくれたんですね」

「そのような大したものでは。けれどあなたがまだ知らないことだったなら幸運でした」

は――すごい。これくらいスマートな返事をしてもらえるなら、どれだけだって会話ができてしまいそうだ。言ったことが五なら一〇を察してくれて、一〇〇を返してくれる。

レヴィがソリに乗り込んだ。

座席部分を広くしてあるから、レヴィの温泉スカートもとろりと収まっている。よしよし。

〈レヴィ、乗るのも走るのも初めてなのよ。なんて心躍る冬かしら！〉

「良かったね～。レヴィとクリス、二人が一緒に乗れるなら寒くないよね」

「湯の乙女様と隣に⁉」

〈光栄でしょう？〉

「フェルスノゥ王国では湯の乙女様っていうくらい神聖なものなんですねぇ」

「もちろんです。文献はあまりないですが、春の訪れを誘う功績は民の間で語り継がれ──」

あっ、長いやつだ。ごめん、今回は割愛させてね。夜になっちゃう。

クリスはそのあたりの動物を手懐けて乗っていくつもりだったんだって。すごすぎでしょ。

ソリに乗ってもらい、それを引く動物は私がイメージする。

氷の馬がいい。ユニコーンのようなしなやかで立派な体格、たくましくソリを引く。同じ馬ならばグレアと並走もしやすいんじゃないかなって思ったから。

「トナカイよりも強そうだし」

「当然ですよ」

グレアは氷の馬に近寄ると、首を撫でてやる。

氷のたてがみは、風になびくことはないけれど、グレアそっくりの見事な毛並みにしてみたよ。

「ふ……エル様にはこのように見えているのですね」

「ふ？」

「……なんでもございません。またいずれ、俺も呼びます」

冬姫様って言おうとしてくれたような気がする。ミシェーラがそれを重視してたから、グレアも思うところがあったのかもしれない。クリスの前では冬姫様って呼んだ方がいいか、とか？　まあ本人が口をつぐもうと決めたなら言及すると嫌がられちゃうからさ、黙って微笑んでおいた。

「うっ」

「クリス？　大丈夫ですか」

朗々ともはや独り言のように湯の乙女について語っていたクリスが、胸を押さえている。

「出発前に体調不良を起こしているなら、登り道でも心配だよね。もうちょっと休んでいく？」

「なんてお優しい……ミシェーラとは大違いだ……」

ボソッと付け加えられた一言に、（超おつかれさま）と思った。

「失礼いたしました。問題ありません。いけます」

〈レヴィ、この者と一緒に行くのはいやだわ〉

せっかくクリスが覚悟を決めたんだけど、ズバリとレヴィが断った。うーん……たらり、と鼻血が垂れていたからだよね。クリスが横にいると温泉のスカートを汚されるかもって嫌がったのか。

もちろんこのレヴィの一言は翻訳せずに、言葉の説得だけでのりきった。よっしゃ！　この個性的なメンバーをうまくまとめるには、考えることが多い……！

私の頭の中はそれでいっぱいだったけど、もしヘマをやらかしたら助けられるように、フェンリルはずっと見守ってくれていたんだって。信者グレアが言うなら間違いないね。

山頂に着くと、クリスはほうっとため息をつき、鼻血をハンカチでぬぐった。

どうやら興奮すると鼻血が出てしまう体質のようで、ソリで走るさなかの周りの動植物から山頂から、いろんなものに感動していたらしい。最後尾のソリを、私もたまに振り返って見ていたんだけど、それ酔わないの？　ってくらいクリスは熱心にメモをとっていた。

「鼻血とは美しくない……」

「す、すみません。田舎育ちなもので」

おーいっ⁉　王子様がそれ言っちゃうの？

グレアたちは平然としてるから、おかしな発言でもなかったのかな。もしかして、雪山の方が神聖なるもの、山のふもとの街の方が田舎、みたいな価値観があるとか。また聞いてみるか……。田舎育ちと鼻血の関連性は知らないけども。

「しかしクリストファー。あなたの観察の能力については評価しています」

「感謝申し上げます！」

うわあ。クリスは純粋に喜んでるけど、グレアが正直に褒めるなんて珍しいことだよ。すっげー悔しそうに顔を顰めているから、よほど認めたんでしょうね。

こと観察に関しては、ミシェーラが女王を目指していた並みにピュアなんだね、クリス。

「これからは補佐のグレアが雪山のことを、調査員のクリストファーが人の街のことを、エル様に伝えるのが良いでしょう。いる分の働きを期待しております」

「わかりました。僕に手伝えることであれば、なんなりと」

「ちょっとそこの雑草むしってきてくれます？」

「こらグレア」

「はいっ」

イジメ!?　と思うことを言い放ったグレアをとっさに叱ったけど、クリスは嬉々として、山頂の植物を摘みに行ってしまった。

「アカフチユキハミンティアの亜種ですよ、アレ。通常よりも治癒効果が高く、乾燥させても使うことができる。いいですかエル様、ユニコーン種族はまじで女性しか癒せませんので、クリストファーには自力で治療キットを作ってもらわなくてはならないのです」

「ごめん、こらとか言って」

「すぐに改心できるなら、上出来です」

「私なら、そうしてほしいなって思うから。相手にも、そうするべきだなって」

「実行できたんだからただ誇ればいいんですよ。さあ彼が振り返る前に、耳を立たせてください」

頑張って力を込めて、ひしゃげていた獣耳をピン！　と立たせる。

クリスが振り返ったのは同時だった。セ――フ。

〈ふふふ〉

フェンリルが洞窟の前に鎮座していて、満足そうな表情で、私たちを見ている。

すべて包み込んでくれるような、まったりとした空気。

ああ冬の女王様に癒される～。

〈オマエたちが手を取り合っていて、何よりだ。エル、伝えてくれるか？　〝人の王子クリストファーよ、ここにいる間は雪山の一員として扱おう。山頂でともに暮らし、このたびの冬を学びなさい。そしてフェルスノゥ王国に伝えなさい。我々がこれからの冬も、ともに歩んでいくために〟〉

「――だそうです」

「光栄です」

クリストファーは絵画の王子様のように、片膝をつき、胸に手を当てて深く頭を下げた。

声には感謝と、疲労が滲んでいる。

フェルスノゥ王国もこの五年は大変だったのだろう。よく見るとクリスの顔には白粉がはたかれていて、化粧品のにおいがするのは目の下の隈を隠しているからだ。

「お体を大事にしてくださいね」

「えっ？」

「あ、えっと。すり傷、しもやけ、ちょっぴり火傷もありますよね」

クリスの頬や指先にそれが見えたから。とっさに言葉の理由を口にすると「失礼しました」と彼が毛皮の帽子をとる。

白金の髪がさらさらとこぼれて、やんわりと細まる水色の瞳に、弧を描く口元。

この世界に来てから美形にしか会ってないな。

すんごい絵になってる。雪景色を背景にした、氷の王子様。

フェンリルに雰囲気が似ているのは血筋だからなのかなあ。

ミシェーラ姫よりも、クリスの方がフェンリルの雰囲気に近い。人型のフェンリルに私はまだ会ったことがないんだけど……

クリスの隣に並んだら、冬の女王様なフェンリルは、きっとお似合いなんだろうなあ。

ちょっと嫉妬しちゃうよね。

そんなことをもんもんと思いながら、彼の怪我と私のお勉強のために、薬草採取にみんなで精を出した。

クリストファー王子の手記

冬の雪山一二〇〇(ヒトフタマルマル)のことを記録する。場所は山頂。

本日の天気は晴天。雲ひとつなく、突き抜けるような青空だ。それなのにはらはらと雪が降っていて、おそらく空に昇ったフェンリル族の魔力がそのまま雪になっているとのこと。それならば大地に降り積もるときに、急激に自然を回復させていることにも納得がいく。

山頂の植物は、モミの木、山イバラ、北ヤドリギ……。

動物が見られないのは、フェンリル様の濃すぎる魔力を畏れているためだそう。必要があれば、そのたびにフェンリル様やユニコーン様が「呼ぶ」。それらはフクロウ、鷹など強い者が多い。

ともに暮らしているのは、絶滅危惧種の雪豹と、湯の乙女様。

このたびの冬姫様の影響を受けたため、フェンリル様のお近くにいても問題がないそうだ。冬姫様は息をするように新しい存在を生み出しているため、新種の植物や雪の魔物など、記録することには事欠かないほど。プリンセス・エル（こう呼ぶことをお許しいただいている）が異世界からやってきた存在であるという珍事は、真実であると思い知らされる。


二日目、異世界の落し物のうち、簡易ベッドで目を覚ます。プリンセス・エルが使い方をご存じだったこれらの品は、大変便利なのでいずれフェルスノゥ王国でも普及させたい。

人が雪山の洞窟で一夜を明かすことができたのは、かまくらのおかげである。雪を小山のように盛り、中をくりぬいて部屋にする。すると、なぜか内側があたたかいのだ。簡易シート一枚でも朝まで快適に過ごすことができた。国に伝えたいかまくらだが、氷魔法で強化することを忘れないようにせねば。生き埋めになるものが出るだろうから。

洞窟の外には湯の乙女様がいらっしゃる。温泉を展開しているものの、春を誘うことはなく、湯に浮かばせた睡蓮（すいれん）の花によって水温を下げ、冬の精霊としてここに住まっているようだ。理由は「寂しかったから」とのことで、豊かな感性を持っている存在である。

古来種の雪豹はたったの一日で指の関節四つ分も大きくなり、ぐんぐん成長している。氷の牙でウサギなど獲物を狩る……と昔の文献には記載されていたのだが、ここにいる雪豹はプリンセスに飼われているペットのようで、ツリーフルーツを食べてひたすら遊んで暮らしている。

(ツリーフルーツとは、モミの木のような〝クリスマスツリー〟に生る果実。甘く豊潤で、魔力も疲労も回復してしまう。さらにプリンセスが祈れば、またたくまに実りを回復する。とんでもない)

雪豹に狩りをさせないまま放置している理由は、フェンリル様たちがこっそりと教えてくれた。

プリンセス・エルに「甘える」ことを覚えてほしいそうだ。雪豹のように、と。幼狼として過ごすことなく半獣人になってしまった彼女に、幸せな期間を与えてやりたいのだとおっしゃるフェンリル様。深く感動してしまい、信仰心が高まるのは当然だ。

この日は、山頂にて生活の基盤を整え、一日を過ごした。


三日目、早朝に目が覚める。すすり泣きのような音が聞こえたためだ。

さらに獣の荒い息遣い。魔力が濃すぎるくらい満ちていて、人の身では頭痛がひどい。

洞窟の中にかまくらを作り、僕の寝室としているのだが、グレア様が入ってきて事情を教えてくれた。

「エル様が夜にうなされることがある。フェンリル様が魔力同調してさしあげて、調子を保っているところだ」……とのこと。プリンセスがうなされる理由は、つらかった過去を忘れていないから。

異世界ニホンというところで、ひどい目に遭っていたそう。過剰に働かされる、成果を評価されない、人間性を否定される、一人きりの部屋で数年暮らした、など……

なぜ彼女がそのようなことに？　と憤りを抱くが、それによって頭痛がさらにひどくなった。

魔力が満ちているところでは、いかなるものも冷静でいなければならない、と法則をグレア様に教えていただいた。容易に体調を崩し、最悪死に至るそうだ。

代替わりの姫君が強くあらねばならない理由も、これではないか、と考えた。

昼くらいまで、かまくらの中で倒れて過ごしてしまった。

午後、やっと外に出ると、プリンセスはまったく元気な様子で、雪豹と走り回っていた。うなされていたことを覚えていないそう。これを耳打ちしたグレア様、ユニコーンには記憶を消す力があることを思い出す。

フェンリル様は穏やかなお顔でプリンセスたちを見守っているけれど、消耗されているだろう。

プリンセスが持ってきたツリーフルーツを美味しそうに食べていらっしゃる。

手ずから………ああああ　※ぐしゃぐしゃと線が乱れている。


四日目、起床と同時に、エゾリスと目が合った。こんなに標高が高いところに小動物が？　と考えているうちに、すぐに去ってしまう。持っていた凍ったクルミを、プリンセスに献上するようだ。わらわらと群れになっているのは三〇匹ほど。

「ありがとう。これでミニケーキでも作ろうかな」……という発言から、プリンセスは自炊の経験があるとわかる。僕が持っていたフェルスノゥ王国の食料袋から小麦粉を渡すと、防災バッグに入っていた白砂糖・脱脂粉乳、そしてオレンジのお湯（髪の部分は料理に使えるらしい……）を合わせてこねる。クルミを入れて、丸めた生地を、木の枝に刺して炎で焼く。

この冬には見事なペチカの実が生っていて、山頂からふもとまで、転がり落ちているそうだ。

また雪山採取をする民と共有しておかなくては。

焼かれたミニケーキはとても味が濃く、なんて贅沢に白砂糖を使ったのだろうかと驚いた。これほどとなると我が国で匹敵するのは氷砂糖くらいだ。それも城の保管庫に残り少ないが、このたびの冬の冷気ならば氷砂糖の採取もはかどるだろうし、プリンセスにも献上して、この世界の良いものを知ってもらおう。料理が好きだったんだ、と懐かしむようにおっしゃった。

フェンリル様が雪妖精を呼び出して、プリンセスが作ったミニケーキを手土産に持たせた。

しばらく先に、雪妖精との契約が控えているからではないだろうか。フェンリル族が代替わりする一年の間に、妖精の泉を見たという雪山調査隊の過去の記録がある。妖精の泉が人目につくところにも現れるのは、フェンリル様たちが己に合った契約妖精を探すからではないかと。

……憶測を呟いたら、ご本人から肯定された。やがてプリンセスの契約精霊を探すそうだ。

この便利すぎるポジションにいる間に、様々なことをうかがいたい。

プリンセスは驚いていらっしゃった。

そして、この世界は知らないことばかりだから勉強したいと、微笑んでいた。


五日目、さらに山を登ることになった。

つまりはフェンリル様が遠吠えをする頂に、招待されたのだ。足が震える思いで、氷の馬に乗る。

乗馬は習得しているとはいえ、切り立つ細道をゆくのはさすがに心臓がひび割れる心地だった。

クレバスをいくつも飛び越え、スノーマンに道を譲っていただき、進む。フェンリル様とグレア様は迷いのない足取りなので毎年この山登りをこなしていらっしゃるようだ。

　頂の眺望は美しかった。

　さらりと一面の雪。

　よけいなものは何一つない。

　すぐ上に青空、下には豊かに広がる自然の山々。霞(かす)んでいるが遠くにはフェルスノゥ王国の城と街も見えている。その先の地平線の彼方まで——フェンリル様が守っている世界なのだ。

「このような場所に誘っていただけたこと、感謝申し上げます」そう伝えると、プリンセスは「私も同じ気持ちだな」とおっしゃった。フェンリル様にプリンセスが寄り添う。

「フェンリル。ありがとう。私、頑張っていくからね」

　フェンリル様が細く鳴く。おそらく〈無理はしなくていい、大丈夫〉など言ったのではないか。

　プリンセスは困ったように獣耳を伏せているから。この方は、本当にいろんな表情をあらわにされる。かと思えば、僕に対してはとりつくろった綺麗な笑みを見せるので、大変よくできる方だが、少しさみしい。フェンリル様にはリラックスができるが、民との距離はまだ遠いのだろう。

「我々も努力してまいります」

「クリスは観察力がすごいでしょう。ミシェーラ姫たちは、国への伝言をこなしてくれていると思いますし、努力はもうしてくれていますよ」

　いただいた言葉をこのまま記す。絶対に忘れないように。

　お慕いいたします。プリンセス・エル。

❄ 洞窟に響くスマホの着信

リリリリ、リリリリ、と機械音が鳴り響く。

私が恐怖していたのは、人間の文化ではなくて、かつての会社との関係なんだ……って思い知らされた。もう終わったことのはずなのに。なんて怖いの。私はどうしてまだこんなにも弱いんだろうか。

洞窟の内側がパキパキと凍っていく。

感情が制御できないよ。

魔力の、暴走、止めたいのに——

〈エル！〉

フェンリルに腕を伸ばしかけて、けれどあの白銀の毛並みが凍ってしまうのがわかったから、ぎゅっと自分の膝を抱えて一人でうずくまった。

どうか見ないでほしかった。聞かないでほしかった。あの電話の向こうの声。

『藤岡くん！』

『どういうことをしているかわかっているのか』

『着信は三コールまでに取ること』

『君が引き継ぎをしっかりとこなさなかったことで、会社に損害が生まれている。取引先もかんかんに怒っているんだ。頭を下げに来なさい』
『退社した者にまで指導が与えられることに感謝するんだ』
『明日の朝、始発で出勤、六時に出社して……』
明日なんて来なくていい！
口から獣のような鳴き声が漏れた。
私はそれきり暗い空間に意識を飲み込まれてしまった。

（フェンリル視点）

なぜ、異世界とまだ繋がっているんだ。このスマホという機械は。やはり壊しておくべきだった。

エルが大事そうに持っていたのではなくて、手離せないほどにトラウマに直結していたのか。

リリリリと耳障りな音が鳴ったとき、エルはバッと飛び起きてカバンをさぐり、あの機械を操作した。真っ青な肌をしていて、表情は抜け落ちたようだった。

機械からは人間の声。何を喋っているのか理解できなかったが、叩きつけるような口調だとはわかった。エルは機械を人間の耳に当てて、喉を引きつらせて相槌（あいづち）をうち、何度も前かがみになっていた。挙動不審で、膝に乗っていたプディが潰されて飛び降りるほどだった。

そして獣の鳴き声だ。

あれはなんと言っているかわかった。

「助けて！」

と……けれど、助けを拒絶するようにエルは氷に包まれようとしていて。

グレアに合図をして、エルをまず気絶させた。

ユニコーンの癒しの力を最大限にぶつけると、ダメージなく気絶させることができる。

それと同時に、エルを取り囲みかけていた氷を砕いた。

ぼろぼろとあっけなく崩れていく氷は、エルの心の弱さを表しているかのようだ。

だからこそ、大事にしてやりたいのに。

「あの……何事だったのでしょう？」

魔力圧で潰れたかまくらから這い出てきた王子クリストファーに、アレを説明しろと？　とつい唸り声を上げてしまったが、被害に遭ったものに説明もなしというわけにはいくまい。

この場で人型になる。

彼はあんぐりと口を開いた。

「私が説明する。エルは異世界の少女だと知っているだろう？　この機械は、彼女が転移してくるときに持っていた異世界の落し物なのだが、遠くのものと会話ができてしまうらしい。世界を超えて、エルがかつて所属していたカイシャから、呼びかけがあったのだ。それがエルを傷つけて、魔力暴走となってしまった」

「……世界を超えて!?　カイシャ、会社ですか。商業店をそう呼ぶ国もあります。プリンセスが悲しんでいたのがわかりました……あれは、ない」

「オマエ、あの言葉を聞いていたのか？」

「はい。妙に鼓膜に届く声で。僕が人間であることと関係しているのではないでしょうか。内容も理解できました。そのままお伝えしてもよいものか悩むような内容ですが……」

「そのまま言え」

クリストファーが解説を入れながら口にした。

反吐が出る。

私たちが大切にしてきた愛娘が、そんなふうに扱われてなるものか。

ああ、私の中にまだ、このような激情が眠っていたとは。長年をかけて調整の技術を身につけていなければ冬を乱してしまっていたかもしれないな。今は、エルの分まで冬の安定に努められる。

「エル様は眠りましたよ」

「ご苦労様」

「……フェンリル様あ!?　そのお姿は!?　えっ、俺、通訳の役割はなくても!?」

「今だけだよ。エルに見せるつもりはないさ。どうやら冬の女王と思っているようだから、雄の姿を見せて怖がらせてしまってはいけないだろう」

「ご配慮、尊敬いたします」

「まあそれはいいよ。エルがやすらかに眠ってくれて……よかった」

すやすやと小さな寝息を立てている愛娘を、淡雪で包んでおく。くるまれた上で顔だけ出ている状態だ。涙がとろりと溶けかけの真珠になっている。

エルがまた、魔力を制御できるくらい心が回復するまで。待とう。

「どうしてくれようか」

転がった機械を睨むと、またしても、不快な色に光っている。

リリリリ、リリリリ、
リリリリ、リリリリ……

「触ってみましょう。また、会社に繋がるかもしれない」

「クリストファー。何を考えている？」

「相手はまだ言い足りないようです。だから連絡をしてきているのでしょう。プリンセスが起きているときに連絡があると、おそらく対応してしまうから、今、僕たちが対処しておくべきです。もう関わらせるおつもりはないでしょう？」

「あちらには帰したくない」

「……断言をなさらないのは、プリンセスのご判断を尊重しているからですか」

言いたいことはわかっている。すでに冬姫として認められているエルを、あちらに帰す選択肢を残すのかと。フェンリルの後継者は必要であるし、私にとっては何より可愛い愛娘だ。

「ああ。エルにはこちらを選んでもらう」

「……良い世界だからこちらにいたいと、感じていただこうというお考えなのですね。フェンリル様が尽力されているように、我々フェルスノゥの国民も努力いたします」

「手伝いますよ。ぜってえ帰さねえ」

クリストファーはさわやかすぎる笑みを浮かべていて、グレアが黒い瘴気(しょうき)を纏っている。

いや、オマエたち、暴走しかけているな……。

若い者らをたしなめつつ、私は魔力の調整に努めようか。

エルの髪をさらりと撫でた。

機械を掲げて、クリストファーが言う。面の絵が変わっているな。これで繋がったことがわかるのか。人の機械に慣れているだけ。

「――繋げました」

『藤岡ノエル！　話している途中に通話を切るなど、礼儀がなっていない！』

「事情があったのかも確認せず、開口一番に責められると萎縮してしまいますね。ごきげんよう、会社の方。お名前と立場をまずはうかがっても？」

クリストファーは政治用の凜とした声で対応している。

通常のやわらかな立ち振る舞いからがらりと雰囲気が変わり、隙のない物言いだ。

カイシャの人間が、ひゅっと息を呑む音、唾を呑み下すゴクリという音までが、聞こえてくる。

なんという精度の機械なのだろうか。

私自身が人型になったことで、異世界の人間の声も理解できた。

すうううっと心臓が凍えていくのを、自覚し、制御する。

『――人事部の道永(みちなが)だ』

「初めましてミチナガ殿。私はクリストファー・レア・シエルフォンと申します。フジオカノエル様はそちらに戻ることはございません」

『——ど、どちらさまですか。血縁者か……!?』

「血縁者。その通りです」

おい。クリストファーが目配せをしてきた意味は、こうした方がこの場ではスムーズなので、だろうな。しかたがないのでため息一つで水に流した。

『——親族に電話を代わってもらおうとは。どのような事情があれ、まだまだ一人前の社会人とは言えませんな。藤岡君はこれからも社会で学ぶ必要がある。先日のクビの取り消しの連絡ですから、ご本人に代わってくれますか』

男の声はイライラしている。こんなにすぐに焦り始めるとは、背後でバタバタと大勢の足音やいろんな種類の機械音が鳴っているのと関係があるのだろうか。何かに追われている?

クリストファーが笑みを深めた。

勝機を確信した人間の形相だ。

「お断り申し上げます」

『——何?』

「彼女は体調を崩しております。日々の心労が重なったのでしょうね。繊細な方ですから。仕事より何よりまずは癒される必要がございます。そちらの事情は私が伝言いたしましょう。クビの取り消し、おそらく解雇を取りやめということですよね。事情がないはずはありません」

『——わかりました、では言いましょう』

相手の声がぐにゃりと軟化する。要求を呑んでやったとひとつ恩を着せる気だろう。

『――彼女が解雇となった原因の大きなミス。……先輩社員がなすりつけたものと判明しました。日頃頑張ってくれていた藤岡君がそのようなミスをするだろうか、と我々は調べ直していたんですよ。部署の全員で残業し、業務を洗い直し、大変な作業でした。その結果わかったことは、問題の先輩社員は自分の仕事のほとんどを藤岡君にまかせ、ミスの書類は自分でやっていたにもかかわらず、藤岡君の名前を書き加えていたようです。指導者にふさわしくないのでクビが決まりました。安心して復帰できるよう場を整えたのはこちらの誠意です。……藤岡君がいなければ我が社は回らない、君のこれまでの業務知識はムダにすべきではない、早急に出社を、皆が待っている。と彼女に伝えていただけますか！』

クリストファーが黙っていたので、あちらは次々と情報をかぶせてきた。

手のひらで踊らされていることに気づかない。小者すぎるな。

クリストファーがほんのわずかに吐息を漏らし、私にだけ聞こえるように囁いた。

(フェンリル様のお手を煩わせるまでもございませんので)

いや自分でやりたいだけだろうに。その機械、ミシミシいってるが、握りしめすぎて壊すなよ。

まだ、話途中なのだから。

グレアは「よこせ！」と奪いにいこうとするのをやめるように。待つことを覚えなさい。

「こちらも、あなたがたと同じく〝誠意〟で対応いたしましょう。それでは」

誠意を持っていないオマエたちに配慮してやる伝言などないと。

『――お待ちください!?　まだありまして、業務ミスによって巨額の負債が発生していて、その対処は専門業務をおこなっていた藤岡君でないと間に合わないので。我が社は破産になってしまう！

……明日の午前中までに必ず連絡と、出社をと……！』

こうまで自己都合をなすりつけてくるとは。

つまりはエルの良心に訴えかけているわけだ。助けてくれという言葉を〝オマエのせい〟にして、謝ることのひとつも知らないくせに。このようなものは毒だ。愛娘を関わらせるなどありえない。

「貴方がたが信用に値するよい対応をしたならば、自信を持って明日をお待ちください」

クリストファーが冷たい声で締めた。

相手が絶句した。

頃合いだな。

グレアを手招きした。うん、顔が暗い。ユニコーンの瘴気は発散しなければな。

スマホを持ったクリストファーの腕を摑んで、グレアの口元に持っていく。

こうすればこっちの声も相手に届くようだから。

「〝地獄に堕ちろ〟」

グレアの地に這うような声が機械に吸い込まれていった。

『──ウワッ!? なんだ、なんなんだ!?

──ビビビ！ ビビビ！

──部長！ 親機の故障です、通信システムとデータバックアップがぶっ壊れてます……！

──なんだって!?

――通信履歴を遡れません！　顧客データも飛んだみたいです……親機が煙上げてるので、多分、子機は全滅ぅ……

――ＷＥＢクラウドにバックアップは⁉

――それを管理してたのがあの藤岡さんですよ。パスワードとかも。

――ヒラ社員だぞ⁉

――上司がそれも彼女に押しつけてたんです、って判明したじゃないですかあ⁉　ちなみにその上司、証拠隠滅のために紙のパスワード管理表とか全部シュレッダーしてますね……

――っあああ！　くそっ！

――藤岡さんなら几帳面（きちょうめん）だしすべてどこかに記録してるでしょうけど。どこかはどこかっすよ⁉

――クリストファー氏！　まずは早急にパスワードの連絡をと、藤岡君に……この際電話で話してもいいので！』

「〝地獄に堕ちろ〟」

『――君は誰なんだよ⁉

――部長！　大変です、外部からのウイルスがやってきて……機械の故障でセキュリティソフトが動いてませんん！

――はあああ⁉　データが消えて機械全滅、明日の決済にも間に合わない……大損失……この私に、責任が……？　やっとこの地位まで上り詰めたのに。

――どうなっている⁉　得意先から苦情の嵐だ、取引停止だと！

——社長⁉』

「〝地獄に堕ちろ〟」

『——……ッ元はと言えば資金不足が原因なんですよ！　社長の取り分ばかり多くて派遣社員を雇えずに今の人材でサービス残業、機械メンテナンスしていたＳＥの解雇で機械故障を招いた！

——なんだその口の利き方は⁉

——どうせこの会社はもう終わりだッ！

——ビビビ！　ビビビビ！　ビビビビ！　ビビビビ！』

そうか、カイシャは終わったか。

エルの心残りは、取り除かれたと考えてもよさそうか。

うーむ、心残り、というか、ストレスの原因というか。人の言葉は難しいが、エルの不安がなくなるならばそれでよい。これからは、夜にうなされて泣くことも減るといいのだが。

心の癒しには長い時間がかかるものだ。

すぐに回復はせずとも、エルのすこやかな時間が増えてくれるように。

祈りを捧げよう。

「グレア。ご苦労だった」

「滅相もございません。俺はムカついた衝動を発散させたまでですから。ユニコーン種族として必要な毒抜きですすのでね」

「す、すごかったですね……そのような技術があるとは知りませんでした……」

「フェンリル族の魔力暴走に類するものですから、身内で処理するようなことですし。実際に見た人間はあなたが初めてだと思いますよ」

「光栄です」

光栄にしちゃっていいのか。少々悩むな。人の言葉は難しいから。

「さあ、機械を壊すか」

「フェンリル様。その機械ですが……小さな絵が、たくさんありますよね。その一つが大きく現れて、先ほどの会社の声が繋がりました。ということは絵の分だけ、誰かに連絡を取ることができるのでは？　絵の中には、プリンセスと良い意味で親しい人もいるかもしれません」

「なるほど。エルが機械を離さなかったのは、それも理由かもしれない」

「フェンリル様。待つのですか？」

「待つ」

記憶を即消したそうにエルの頭の上で手をさまよわせているグレアは落ち着くように。クリストファーはまた機械をミシミシ言わせているので、指をこじあけて私が機械を預かった。

エルを包んでいた淡雪をのけて、腰の小さなポシェットに機械をしまいなおした。ここに機械を入れてずっと持ち歩いていたから。

音が通ってきていた横側の穴は、凍らせておく。

そうすれば、安眠を邪魔されて飛び起きることもないだろう。

あとは話し合いだな。

獣の姿になり、エルの側に寄り添って、繊細な少女の体を、尻尾で引き寄せてベッドのようにする。

すっかりこの体勢にも慣れた。自分に埋もれるように存在している小さなエルが、くったりと力を抜いているのが、なんとも可愛らしいのだ。

すう、すう、とやっと呼吸が安定した。

なりそこないの涙の真珠は、毛皮に吸い込まれ、少々沁みたが、この子の魔力を受け入れる。

それだけを使うように気をつけて、洞窟内に北風を吹かせた。過剰な氷が溶けて、洞窟の岩肌に染み渡り、冬明けに芽吹くような光苔(ひかりごけ)を一面に生む。

ふわりと洞窟の中が明るくなった。

クリストファーが目を輝かせて、あたりを観察している。

「素晴らしい力です……！」

〈エルの魔力だよ。穏やかな心で使えたら、これほど美しい。この子はきっと大丈夫だ〉

「……と、フェンリル様がおっしゃっております」

「グレア様も、美しいというお言葉を言うのですね。すみません、先ほどの怨念の印象が残ってて」

「怨念は怨念、あれは俺の恥部です。フェンリル様がお美しいのはこの世の真理です」

「ああ、後半は同意です。プリンセスもきっとお美しいフェンリル族になるでしょうね」

「今はフェンリル様の話をしているんですけど」

「つ、つい想像してしまって」

ふう、心地よい騒がしさだな。二人も緊張していたのだろう。今たわむれるのは、気を抜くのにちょうどよい。

それにしても。

〈藤岡(フジオカ)ノエルか……〉

「…………」

「あ、あの、グレアひゃま？」

グレアも、クリストファーの頬を引っ張ったまま固まっている。

そうだよな。とんでもないことだからなあ……。

「〝ノエルという名から、私は一字もらいうけ、全盛期のフェンリル相当に回復したのだ。だからエルのもともとの魔力量は、私の三倍あったのだと思っていた。しかし、真名(しんめい)は、七文字か？　であれば現在で、私の六倍相当だ。エルはどれほどの魔法を取得するというのだろう？〟」

❄冬の食卓

いっさい夢を見なかった。

つまりは快眠していたわけだ。

そうだよね？

体は軽くて、周りには真珠が落ちていなくて、フェンリルの白銀の毛並みが私を包んでいる。

うまくできたよね。うなされてなかったよね。……。……。

〈おはようエル〉

「おはようフェンリル。……フェンリル？」

〈ん？〉

「口元が凍ってる。今も、息を吐いたときに氷の粒が落ちてきた」

〈おや、よだれでも垂らしたかな〉

「フェンリルはよだれなんてしないもん」

〈ははは！　獣に無茶を言ってくれる。エルはいつもそうだ。愉快だな〉

「……ねえ、フェンリル。だんだんと思い出してきた……」

〈そうか〉

「私、どうしてちょっと忘れていたんだろう」

〈心がとてもつらいとき、忘れようとしたり、癒されようとするのは、自然なことだよ〉

「逃げているみたいだ」

〈フェンリルであっても雪崩からは逃げるけどな〉

「違うの。私が悪いの。私ができない子だったから……ごめんなさい……。あのあと、どうしたの？　魔力暴走してたよね……」

〈幼狼一匹すらも私が止められないというのだろうか？〉

「グレアみたいなこと言う」

〈ふふ。ちゃんと元の環境に戻しておいたよ。エルの冬らしくな。いい勉強になった〉

「フェンリルは優しすぎるよ」

ずりずりと私は下に動いて、ふとんにしていた尻尾の毛の中にすっぽりと埋まってしまった。

くすぐったそうに笑うフェンリルは、まったく機嫌が良さそうだ。そのように見せてくれているんだろうな。声も、顔つきも、行動も、私を甘やかすばかり。

「う――――――」

〈どうした？　威嚇でもなく、駄々でも泣き声でもなく〉

「悶えてる。思い出しちゃって、悶えてるんだよおおお」

〈そうか〉

フェンリルはただそう言ってくれただけだった。

唇を噛みしめると、私の鋭い犬歯がぶすっと刺さる。ちょっと血が滲んでる。半獣人になりたての頃みたいだ。あのときは体の使い方がわからなかったからだけど、今は、またできない自分を痛めつけたいだけ……。なんとかかんとか、深呼吸した。

すんすん。フェンリルの尻尾、すずやかなにおいがする。

「……聞いてた？　通話」

〈聞いた。全員で〉

「……嫌な気持ちにさせたと思う。ごめんなさい」

〈ああ、向こう側に殺意を抱いた。噛み潰してやりたかったな〉

　うわ獣。

「……違うなあ。私のものいい、ずるかった。あのね恥ずかしかったの。できなかったことを、叱られるような子だって知られること」

〈今のエルの……〉

「ノエルって呼ばないでぇ」

〈落ち着きなさい。今の、エルのことを、私はたくさん褒めたはずだよ。私にとって大切なのはそれだけだ。オマエが過去どうしていたのかを重視したことはない。今、ここにいてくれること。自分がつらいときでも撫でてくれる手つきは優しいこと。激情を出さないようにと努力していること。この世界を楽しんでくれていることだ〉

「楽しいよ。楽しんじゃっていいのかなあ」

〈私が許そう〉

「大精霊さんが許してくれたら、もう無敵じゃん……」

〈そうだよ。さあ、目覚めてごらん〉

　いじいじと触っていた尻尾を、ふぁさっと退けられた。

　ああっ！　まだすっぽりと埋もれていたかったなあ……。

　怖かった。この世界が優しくて綺麗な分だけ、私が汚れているような気がしていた。

けれどまっすぐに見つめてくれるフェンリルの青い目に映っているのは、白銀の容姿の綺麗な姿だ。この世界にきっとふさわしい。

「フェンリルぅ。エルって呼んでくれる？」

〈エル〉

「……ノエルって呼んでくれる？」

〈ノエル〉

「………………うん、うん、大丈夫。魔力暴走、させなかったよ」

〈今のエルのことが一番大切だ。けれど過去のノエルを捨てなさいと言ったことはないからね。生まれて、幼い頃があり、成長していくときに、憧れた気持ちがあるからオマエの呼んだ冬は美しい。それも尊いと私は思うよ〉

「うん」

〈また泣かせてしまったか〉

フェンリルが鼻先で、つんと私の頬をついた。

〈嬉し泣きのようだから、まあいいか〉

「そう、みたい。真珠、ちょっとピンクでさ。綺麗だよね。へへっ」

〈エルの心が表れているんだよ〉

「自分のことってよくわからないんだ。でも溢れてくるもの見てると、ちょっとわかったような気がするもんだね。今、多分嬉しい。でもこの真珠が綺麗なのはフェンリルのせいだからね。フェンリルが与えてくれたから髪や服も冬毛の白銀だしさ、涙が真珠になるぅ……へぷちっ」

〈ぷっ！〉

おかしなタイミングでくしゃみしてしまった私のことを、フェンリルが笑ってる。

ああもう笑い上戸なんだから……。

私の体は空気読んで。

「ふふ……」

〈やっと笑った。ああよかった、私だけが楽しいのかと悲しくなってしまっていたところだからな〉

「いやいや、獣耳も尻尾もふりふりしてたじゃん～」

〈幼狼をあやすときはああするんだよ。多分〉

「勘！」

〈大事なやつだな〉

まったくもー。私を気分転換させるのが上手。うりうりうり、と鼻先に頭をこすりつけたり、まぶたに触れてみたり、長いまつ毛をつついてみたり、照れ隠ししてしまった。口元の氷を溶かしてみようとしたところで、フェンリルが急かす。

〈ほら、グレアたちも待ってるから。行こう〉

「……やだ」

〈エル？〉

「恥ずかしい……」

〈愛娘のわがままを聞いてやるのは好きだけどな。焼肉〉

「うっ」

〈ツリーフルーツの亜種〉

「亜種!?」

〈エルが生やした果実に雪妖精がきまぐれなキスをして、変質させたようなんだ。そのようなものは祝福の果実と呼ばれ、むちむちしゃりっとした食感になる〉

「美味しそう……」

〈卵〉

「温泉卵が作れるね」

そう来たら、なんとか起きる気が湧いてきた。採取された卵と、レヴィの温泉、これは温泉卵ができるはずだ。日本人なら嫌いな人なんていないんじゃないだろうか。

お腹がキュ――ッと鳴る。ううう、もう朝だもんね。記憶が途切れた昨日は夕方だったはずだから、けっこう長い間食べていないことになる。お腹すいた。

フェンリルたちも食事をとらず待っていたのかもしれない。やけにご飯に積極的だから。焼肉と言いながらフェンリルの尻尾もふわりと揺れていた。お肉食べたいでしょうね。

「行く」

〈ん〉

フェンリルが鼻先をぐいっと私のお腹の下にさし入れて、立ち上がった。

ちょっと⁉ これは⁉

そのまま外へ。

「……前衛的ですね……」

「グレアぁ。私が率先してやってたことならもっとけなしたんじゃないのー？」

「バランス感覚が良いのですね！」

「クリス……スケッチをしないで……」

ぶらーん。やじろべえ、もしくは天秤(てんびん)のように、私の体はお腹を起点として、フェンリルの鼻先にひっかけられている。なんだこれ。

〈問題の恥じらいはごまかせたか？〉

「恥の上塗りで対処するのやめてくださぁい」

フェンリルの思わぬ一面を見た気がするよ。思いやりはわかるけど、そうじゃないでしょ。

ふふふっ、と愉快そうに笑っているけどさあ。獣センスにはたまに驚かされるな。

はてさて洞窟から思わぬ登場をしてみんなを驚かせてしまった私ですが。

みんなが用意してくれていた食事には、驚かされることになった。

この短い間に驚きの嵐だな。

「テーブルセッティング、すごい。これキャンプデスク？ それに折りたたみ椅子、紙コップ。お箸まであるなんて」

「このあたりで朝方見つけた異世界の落し物なんですよ。使えそうなので使いました」

「理にかなってる」

クリスが組み立てたりしたようだ。それにしてもただのキャンプデスクのはずなのに、葉っぱを編んだランチョンマットやら、冬の花が詰められたバスケットとかがあるから、華やかな食卓。これが王子様のセンスなのね。……ソリ作りにテーブルセッティングって、王子様ってなんだっけ？　と思うくらい器用すぎる。ミシェーラが去り際に「お兄様を便利にお使いください」とか言い放っていたのを失礼ではと思っていたけど、納得してしまった。

ほら、紙コップをあたためるまでしてくれてる。クリスが人差し指を振ると、ふんわりとした緋(ひ)色(いろ)の魔力が紙コップを包んでいる。たしか、四季の魔法をわずかずつ習得しているとか……これは夏か秋の魔法？　すごいことなんじゃないだろうか。白湯を受け取って、いただく。ぷはあ。

「人間にとって冬の卵は贅沢品なんですよね。というわけでどうぞ」

「グレア。何の卵？」

「聞かない方がよろしいのでは？　エル様は気にされそうですし」

「うう、たしかに。なまじ鳥類のみなさんとも知り合ったから、気にしちゃいそう……」

「奪い合いに勝った方が取得するものですから、ご安心を」

「生存競争だ」

「蛇が鳥類の卵や雛(ひな)を狙うように、雪国の民が木陰の卵を探す。自然なことなんですよ」

グレアがもう一度、ずいっと、卵ののった紙皿を差し出してきたのでもらっておいた。

〈ニャア〉

「なあにこれ、木の枝？」

「プディはまだ狩りもうまくないのです。ウサギを狩ろうとしたけど失敗しました。そこで火をつけるための木の枝を持ってきてもらったんですよ」

「そっかぁ。えらかったね」

〈ナウ～〉

ごろごろと喉を鳴らして、プディが得意げだね。できたことをまず誇るこの子の姿勢、本当にえらいと思う。私も見習いたいなぁ。

〈冬姫様。レヴィは体をあたためることができるのだわ！〉

「うんそうだね。今はこれをお願いしてもいい？」

満面の笑みで両手を広げて突進してきたレヴィには悪いんだけど、お腹が限界なので食事を先にしたいなっと……ごめんって、拗ねないで。

レヴィの手のひらに卵を持ってもらって、一番熱い心臓のあたりに近づけてもらう。

温泉卵の作り方は、白身と黄身がそれぞれ固まる温度の差を利用して、一定温度であたためること。黄身が六五度、白身が七〇度で固まり始めて、外側から熱が入るので白身が半熟になったあたりで加熱をやめると、黄身もちょうどよい固さになる。鍋のお湯を七〇度に保って二〇分茹でる、ってところかな。

作ったことはあるんだ。フードイベントの営業中、なぜかキッチンの手伝いにかりだされてひたすらに温泉卵を作……………魔力制御できてる！　っしゃあ！

やけくそでもいい、たくましく。過去は過去、今は今。美味しい温泉卵をごちそうできるんだからそれでいいじゃない。

「レヴィ。温度制御、上手」

〈そうなのよ！〉

レヴィの素直に喜ぶ姿勢、好きだなあ。

防災バッグに入っていたタイマーを動かして、温泉卵はレヴィの抱擁にまかせる。

ツリーフルーツを切る。ナイフにはさくりと軽い感触、だけど刃の部分にもっちりとした果肉の残りがこびりついてて、果肉が変化していることがわかる。なるほど、むちむちしゃりっ、ね？

「揃いましたね」

「食事の号令はいつもどうなさっていますか？」

「それはもちろんフェンリル様が。しかし今日はエル様にやってもらいましょうかね」

「な、なんで？」

「クリストファーが冬姫様を見に来ているわけですから、ほらやってください」

「プリンセスの食前の祈りを聞かせていただけるなんて、光栄です……！」

拒否権ないじゃーん。クリスがきらきらした目でこっちを見ているし、グレアが実はぶすっとしている。食前のフェンリルの祈りを聞けなかったからだろうな。それでも譲るんかい。プディはよくわからないのか首をかしげていて、レヴィはわくわくと温泉卵の感想だけを待っている。

「フェンリル〜」

〈一緒に言おうか。あれは口上がなかなか長い〉

「ありがとう！」

みんなもそれが一番喜ぶと思うよ。

「〈〝凍てつくひび割れの隙間から、現れし水の潤い。雪の大地を駆けるたくましい肉の恵み。茂る樹林が生んでゆく甘く酸い果実の実り。命の巡りはここにあり。冬の食卓に、我らの祈りを〟〉」

祈るように手を組んで、言葉に魔力を乗せていく。

うまくできた……？

なんだか違和感があったけど。

食材にダイヤモンドダストのきらめきが降り注いだから、成功したっぽいんだけどな。フェンリルが一緒にやってくれたんだしね。……フェンリルが静かにこっちを見ている。どきっとした。

〈エル。すらすらと言えていた〉

「う、うん。よかった？　食べようか？」

〈温泉卵からにしてちょうだい！〉

「はーいレヴィ。じゃあ紙皿に、卵を割るよ。……うん、とろりとしているからオッケー。お醤油(しょうゆ)をかけます。これ異世界の調味料なんだけど、温泉卵によく合うの。食べるときはお箸だと難しいからスプーンがおすすめです」

見本として私から食べる。

とろり、ちゅるん。

吸い込まれるように温泉卵がスプーンから滑り込んできて、旨(うま)みがふわっと舌に広がる。

美味しい！　懐かしい味だ。卵も濃厚。

「なんと……これは新しい料理です。卵の茹で方を工夫するだけでこれほど食感が変わるとは。ほのかに花のにおいがするのは湯の乙女様の温泉で茹でたからですね。卵を殻越しに茹でてもけっこうにおいが移るのか……新発見だ。醤油も複雑な味わいで、たった一つの調味料でこの味がいただけるとは」

「黙って食え……」

グレアのため息。二人ともぺろりと食べきっていて、味は気に入ってくれたみたいだね。

悪態をついたりしてるけど、なんだか男子が友達同士でじゃれ合っているような雰囲気だ。

「フェンリル。食べてみる？」

〈いただこうかな〉

ぐわり！　と大きな口が開く。

相変わらず、私が食べられてしまうのかと思うくらい、迫力があるなあ。

舌の上に、ちょこんと温泉卵を置く。もぐもぐしているけど、味わえているかな？　フェンリルの体に対しては少量すぎるよね。

〈美味しい〉

「よかった。フェンリルは人型にはならないの？」

ごほっゲホッと、グレアとクリスがむせてる。

ちょ、卵のかけらが散ってるよ。

〈あれはなかなか疲れるし、久しぶりすぎてイマイチ勘が取り戻せなくてな。今はやめておく〉

「そっかあ。見たかったなあ、フェンリルの麗しい女王様姿」

「「〈…………〉」」

妙な間が。どうしたの。

「エル様、温泉卵もう一つください」

「あ、はい、どうぞ」

「プリンセスこれはいかがですか？　肉を小さくして木の枝に刺したものです。女性でも食べやすいかと。味つけは塩です」

「塩！　好きです」

「ウッッッ」

「大丈夫ですか？　クリス鼻血……厚着で火の番をしてくれてたからのぼせたのかな」

〈レヴィの温泉の熱でもあるかもしれないわ！　うふふ〉

「誇らしくするとことはちょっと違うかなー？」

〈ガウガウ〉

「あっプディ生肉振り回さない、走り回らない」

〈その生肉を見ながらでも焼肉が食べられるようになった。エルは成長したな、ははは〉

それは成長なのだろうか。原始回帰なのだろうか。

騒がしい食卓で、私の口にはどんどん肉やフルーツがつっ込まれていく。みんなやたらと勧めてくれる。昨夜、情緒が乱れてたところをみんなにも見られていたんだよね？　慰めてくれてるのかなぁ。

祝福を受けたフルーツ美味しい。むちむちしゃりっ、大福アイスにけっこう似てる。

……美味しいなあ。

この世界に来てすぐ、なけなしのフルーツをもらったことを思い出す。

あのとき、とても久しぶりに食べ物を美味しく感じることができたんだ。きっと生涯忘れられない瞬間だ。じ――んとこみ上げてくるものを、美味しさと一緒に飲み下した。ごちそうさま。

「〈〝凍てつく水が喉を潤し、恵みの肉は体を冷やし、果実の香りに心が癒される。冬の食卓に、我らの感謝を〟〉」

お皿にわずかに残っていた果実の皮や、肉の脂などに、霜が降りる。

それをモミの木の根元に置いてやると、大地に還って、樹木が元気になるんだって。

この世界の冬のしくみだ。

〈ニャア。イッショ、アソボ？〉

「プディ？　喋れるようになったの！」

〈ニャア〉

〈冬の食べ物を摂取して、氷魔力を持つものたちは成長していくんだよ〉

「そっかあ。遊ぼうねプディ」

この子のお気に入りの雪だるま遊びをしてあげよう。私が雪だるまをいくつも作って、それをプディが頭突きで壊していくの。狩りの練習も兼ねている。

魔力をこねようとして、気づいた。

指先が冷たくならない。

「私……魔法が使えない？」

第五章

魔法が使えなくなったエル

一〇日が経った。
あの日から、私は一度も魔法を使えていない。
どれだけ祈っても、念じても、妄想に精を出しても、形になってくれないんだ。
雪も舞わない。
風も吹かない。
〈エルは自制しようと頑張りすぎたんだよ〉
フェンリルはそう言うけどさ。
〈そのうち肩の力が抜けたらきっと勘を取り戻すさ〉
そう言うけどさあああああ。
不安!!
圧倒的に不安でたまらない。

もしもこのまま魔法が使えない子になってしまったら？

冬姫様ってみんな呼んでくれているのに、望まれた魔法を使ってあげることもできない。

そんなの、私がここにいる意味がなくなっちゃうよ。

「ちょっと修行に行ってくるね」

〈私の愛娘は突拍子もないな。まあいいよ、この雪山にいる限り、オマエの場所はわかるから〉

「プリンセス、ご無理はなさらず……」

〈たった一〇日の不調とはいえ、鍛え直したいというなら、俺も行きましょう。プディも来ること〉

〈ニャア？〉

〈夜には帰ってきてね、レヴィ待ってるからね、冬姫様〉

冬姫様。頑張りま――――す！

〈頑張るなと言っているのだがな？〉

フェンリルの苦笑に見送られている。

グレアに乗って、プディをカバンに入れて、私は雪山を下っていった。

まずたどり着いたのはこの山で一番大きな川だ。轟々（ごうごう）と音を立てて冷水が流れている。これまでの冬であれば川は深く凍りついていたらしいんだけど、私のイメージした冬は違っていて川が凍っていない。いいのか？　といえば、水が使えて便利だし魚も捕れると、フェルスノゥ王国の人々には喜ばれているそうだ。

「まずは冷たさを思い出すところからと考えました。指先を、川に入れます」

〈落ちないようにしていただきたく〉

川の縁から身を乗り出した私のマントを、グレアが口先でぐいっと引っ張った。

〈ニャア♪〉

どん！　とプディが体当たりしてくる。

ちょ、遊んでるわけじゃないんですけどおおお!?

三人ともが川にどっぷりと浸かってしまった。グレアが魔法で氷山を生み出してくれたから、なんとか流されずに済んだ。けれどぶつかったダメージは負った。いてて……。

「次ぃ！」

〈せっかく全身冷やされたというのに指先は変わりなしですか〉

「うう、面目ない。これから竜の口に行こう」

竜の口という洞窟がある。入り口がまるで竜の口内みたいにギザギザしているからそう呼ばれているんだって。地底からの冷気が満ちていて、とびきり寒いらしい。

岩肌に紛れるように存在していたそこは、ツララによってギザギザの牙が垂れ下がるように見える。なるほどまさに竜の口。

「ところで本物の竜ってこの世界にいるの？」

迫力に怖気（おじけ）づきながら、ついそんなことを聞く。

〈いますね。春をつかさどる春龍が有名です。温暖地方、寒冷地方、で『りゅう』の造形は違っているけど本質はほぼ同じです。竜、龍、と覚えてください。古来の呼び方でドラゴンと呼んでも構いません。この雪山には生物としての竜はいない。フェンリル様が獣型であるため、それと同類が多いんです。ただ、先代様がふとおたわむれで氷竜を作って動かした、という昔話はありますね〉

「こ、このガーゴイルとか？」

洞窟に入ってすぐのところに氷のガーゴイルが一〇〇体ほどもいるんだけど。ねえ。じろりとこっちを見てるんだけど。妙に竜っぽい形なんだけど。ねえええ。

横を見ると、グレアが真顔になっている。

〈――ちなみにこの竜の口、俺も来たのは初めてです。ただツララが垂れている残念スポットという認識でしたし、俺たちが信仰するのは獣型のフェンリル様ですから竜などに興味はない〉

「ガーゴイルを前にそんなこと言わないでよ!?」

〈ニャア？〉

プディがちょいちょいとガーゴイルにたわむれ始めちゃった。

氷の尻尾がぶんと振り回されて、プディの頬が叩かれた。負けじとプディが前脚アタック。

「ガーゴイルと喧嘩するんじゃないよー！」

一斉に動き出した氷像に追いかけられて、私たちは洞窟の奥に走り込むしかなかった。

「うわあああああ!?」

〈足場が悪くて俺も走りにくいので、エル様は自走のままよろしくお願いいたします〉

「さすがにこの状況でグレアに飛び乗る自信はないなあ!?　プディはこっちおいで、抱える」

なぜか私がプディを守りながら、傷だらけになり、洞窟を走り抜けた。

つきあたりの岩壁をグレアが頭突きで壊してくれると、外に出られた。

すごく寒い洞窟だったけど、体を冷やすのが目的だったはずだけど、走りすぎて体ぽっかぽかだぞ！

ぜえぜえぜえ、と荒い息を吐きながら、雪原に倒れ込んだ。こんなはずでは……。

ガーゴイルたちは雪原に出てくることができないようで、じっと洞窟の中からこっちを見ている。

「つ、次……」

〈夜ですけど〉

「たくさん汗をかいた上で、お湯にも入らず夜を迎えたら、きっと、冷え込むと思う。ぜえはあ」

〈はあ〉

小馬鹿にしたようなグレアの鼻息は、聞かなかったことにする。

樹林のとくに影が濃いところを選んで、膝を抱えて座り込んだ。

お尻の下の雪は冷たい。空気がキンと冷えていて、肌に痛いくらい。はあっと息を吐けば白くなり、私の体は、いかにも冬の生き物らしいはずだ。

それなのにどうして、指先だけがまだ冷えてくれないんだろう。

ふとグレアが私の隣に座った。

〈藤岡ノエルというのが、あなたの真名らしいですね〉

「……そうだよ。……急に何？」

〈忘れてしまえばどうですか？　別に、エルでいいんですよ。あなたに藤岡はなくてもいい〉

「どういうこと？」

〈あなたが乱れたり、魔法が使えなくなるほど肩肘張ったり、そうする原因が藤岡姓だと思っています。それが真名だからこそエル様の魔力は馬鹿多いですけれど、ただのエルでも冬姫としては間に合うからいらないんです〉

「ノエルって呼ばないでよ……」

〈めんどくさ……〉

「ううう。口悪い」

〈俺は捨てましたよ。姓なんて〉

「……何か、あったんだ？　そして今の方が良いって自負してるから、私にも勧めてくれてるの？」

〈あいからわずお察しが良すぎるようで。昔話なので軽く聞いてほしいんですけど、俺は幼少期に迫害されていたようです。その頃を得意げに語る同期に、ユニコーンの里に帰るたびに聞かされていまして〉

「……！」

〈そういう反応、俺も記憶を持っていたら、していたのかもしれませんね。軟弱な馬だったそうなので。けれど今、姓を切り捨てて記憶を捨てたので、昔話など聞かされたところで俺は揺らぎませんし、堂々とフェンリル様のお側に立つことができている。治癒魔法も安定し、精神も安定……言葉遣いはたまに指摘をいただきますけど……それくらいですよ〉

　グレアはバツが悪そうに眉根を寄せる。私を前にして取り繕うでもなく、自分自身だけを見つめているんだ。見習いたいな。

〈理想の自分になりたければ、理想以外の部分を捨ててしまうのも一手というのが俺の考えです〉

じりじり、とグレアが寄ってくる。

ユニコーンの角が妖しく光っている。

私は無意識にスマホが入ったポシェットに触れながら、じりじりと後ずさった。

「でもフェンリルが優しくしてくれるのは弱いとこもある私だからだもん……」

〈なんだ、わかってんじゃないですか〉

呆れたように、グレアは顔を引いた。

〈ではこれから、その考え方を自分に馴染ませていけばいいでしょう。あなたの理想は？〉

「わかんない……でも今のままだといやだから、私、変わりたくて……これからも頑張りたくて」

〈少なくとも己を痛めつけることで変わるものはないですね。散々やったからわかります〉

「首のとこ？」

グレアの紫のたてがみの下には、でこぼことした傷跡があって、ずっと気になっていたけど聞けずにいたの。ドジして怪我したとかなら、指摘したら怒られると思ってたから。でも自傷なんだろう。まさかめちゃめちゃ重い理由だったとはね。

〈傷つけたところで同期に馬鹿にされる理由が増えただけだったので、無駄でしたし、別の方法を探しました。あなたはそうなりませんように〉

「わかった」

立ち上がって、スカートについた雪をぱたぱたと払う。

体は冷えているけど、指先だけはやっぱり変化なしだ。

「私なりの別の方法、考えてみる」

〈そうしてください〉

「でも自傷が無意味だとはやってみないと理解できないから、今日、わざわざ私に付き合ってくれたんだよね。ありがとう。グレア」

〈……魔法を取り戻したときに、そのお言葉は受け取るとしましょう。今日のことは忘れました〉

「忘れちゃったの!?」

〈そういうことにしておく、というだけです。ユニコーン族はいつでも記憶を消すことができますから、よほど必要であれば俺にご相談ください。あなたを変えて差し上げましょう〉

「この話の流れのあとでそれ……利用させる気ないんじゃん」

フェンリルがいらなくなるような子にはなりたくないんだから。

あーもう、不器用な慰め方だなあ。グレアに苦笑するしかない。

〈ちなみに、手放せないでいるその機械(スマホ)の音が鳴ることはもうありませんよ〉

さっき触って、やっと私も気づいた。スピーカーが氷で塞がれていたんだね。

〈カイシャとやらは俺が壊滅させておきました〉

「…………え、え? 何!?」

〈あの過去はもう忘れたことにしてください。気にしてもしょうがないんですよ、クサレ脳みそ下(げ)

衆野郎の戯言も無粋な断きもくだらない。ああ人間だと悲鳴とかいうんでしたっけ〉

「ひ、悲鳴……何をしたの……？」

〈知りたくもないでしょう？〉

「それはそうだけど……」

〈この話はここまで、ここだけで。フェンリル様がいらっしゃるときは口にするのも憚られましたからね〉

激怒してたと。フェンリルが、って、本当に？

あの温厚で優しさの塊みたいなフェンリルが、毛を逆立てるくらいに？？？

スマホを握ったまま、私はへなへなとグレアに寄りかかった。

「どうして私のためにそこまでしてくれるんだろう……っ」

〈あなたもフェンリル様のために〝そこまで〟したでしょう。だからですよ〉

尽くしたことが報われるなんて、知らなかった。

グレアが静かに座りソファのようになってくれている。膝にいるプディはもう眠ってる。

しんしんと降ってきた淡雪は、遠くにいるフェンリルの毛並みのように私を包んだ。

星々がまたたく夜空を見上げる。

ああ、会いたいなぁ。

雪原に現れた怪物

新雪に覆われたまっさらな雪原を、私たちは早朝に歩いてゆく。

グレアに乗って、ゆったりと朝の空気を感じていると、たいへんな贅沢をしている気分だ。

なだらかにどこまでも続いているかのような雪原は、窮屈さがなくて、私を開放的な気分にさせた。それを気づかれたらしい。

〈さあご自分で歩いてみては？〉

「ちょっっっっ」

グレアがいきなり首を真下にした。前のめりに雪原を見ていた私は、首を摑んでいた手を滑らせてしまい、すってんころりん。頭から雪につっ込む。シャチホコじゃん〜。

頭をふるふる振って起きると、プディが〈アソブ!?〉とごきげんに体当たりしてきた。はしゃいでたわけではないんだけど、遊びが始まったように見えたんでしょうね。苦笑から、にっとした笑みに変わって、さあプディを追いかけてみよう。

だってこんなにも綺麗な雪原だから。

「待て――――！」

〈ニャ――――！〉

とっとこ走っていくプディの足跡が、次第に大きくなっている。ああそうか、雪が足先にまとわりついて足跡がどんどん大きくなっているんだ。それをものともせずに、足を踏み出すことができる。これが雪豹の力なんだなぁ。

私は足に雪がまとわりつくと、魔法が使えないので、だんだん足取りが遅くなっていく。

プディが不思議そうに戻ってきて、くるくる周りを回った。

ふんぬっ！　足が……雪から抜けない。がっくり、肩が落ちる。

〈あれは……〉

「なーに、グレア？　あっ雪妖精」

雪原の中央に、雪妖精が集まっている。一〇体くらいかな。

オルゴール人形のように一定のリズムで踊って、ゆったりと氷の翅を伸ばして、朝陽に光る。

「あんまり揃ってないお辞儀、珍しい……。まだサイズも小さいみたいだし、練習しているのかな？」

〈そうでしょうね。フェンリル様がまだ眠りについている早朝のうちに〉

「隠れて練習するのが本当の努力かあ……」

〈努力に本当もクソもないですけど、尊敬する方には、一番素晴らしい自分を見てほしいってことです〉

「く、口悪……！」

〈ここにはフェンリル様がいらっしゃいませんので、どーでもいいんです俺の口のことなど〉

卑屈ぅ。記憶を忘れていようが〈自分なんて〉と考える習慣がついてしまってるんだろうな。

私と似てる。

でも、ブレーキであるはずの負の感情を自分の開放のために使ったりもするし、まさにあるものなんでも使って補佐までのし上がってきたんだろうな。

「雪妖精……いずれ私も契約するんだっけ？ 挨拶しに行くべき？」

〈もう練習は終わったようなので、行ってらっしゃい。エル様ならば拒否はされないでしょう〉

よーし。あ、足が抜けない……ジタバタしてると、呆れたようにグレアが雪を払ってくれた。

ざっくざっくと新たに雪に足をつっ込んで、雪原の中央に歩いていく。

雪妖精たちがこっちを見た。ヴヴヴ、と翅を鋭くこすり合わせている。

え、何その警戒…………私が、魔法を使えない冬姫だから？

体が凍ったように硬直した。

〈エル様、伏せ！〉

「!?」

グレアの大声に、私は倒れ込むようにして雪原に埋もれた。

うう、冷たい……フェンリルのやわらかい涼しい毛皮が恋しいよお……。

雪妖精は私の上を通り過ぎていったみたい。えーっ、ほんと、どういうことなの？

〈いつまで倒れてんだ！〉

理不尽だ……。

ぷはっと雪原から顔を上げる。

　さすがに睨んでやるつもりで後ろを向くと、雪妖精たちは樹林の方に飛んでいくところだった。一心不乱に何かを目指している？　まったくわからないよ……。

〈あれは……〉

「何グレア？」

〈わかりません〉

「グレアでも知らないの？」

〈そんなこと雪山の頂一〇〇個分ほどもありますよ。とくに今年は、エル様の御心が現れた冬でみんなが変化しているわけですから、知らないことだらけだ。フン、これから知っていくので補佐としての働きはご心配なさいませんように。ところで補佐として言うんですけど、走れ!!〉

　それ補佐というか命令じゃないのおおお!?

　樹林から、ズドンズドンという木が倒れる音が聞こえてきた。グレアの命令はこれのせいなんだろう、わけがわからなくても言われた方向に走るべきだ。雪妖精たちはあれの対処をしに行ったんだろうか……。

　嫌われてるかもとか、そんな自分本位なことを考えてる場合ですらなかった。

　申し訳ないです、って気持ちは、私が逃げ切ったあとでちゃんと伝えなくちゃ……！

　あっちの樹林にまで魔法が届いたならよかったのに、私は、反対側に向かって、足をズッポズッポ引き抜いて地道に歩くので精いっぱいだ。

〈プディ、エル様の歩行の補佐をしなさい〉

いってててて！　プディが私の足首を甘噛みした。

氷や雪を噛み砕いてくれたんだけど、牙が足首をかすめる感触は、ひやっとしたな。

グレアが遠ざかっていく音がする。聞いたことのない異常な音が、迫ってきた。


ギシギシシギシ。ギギギギギギギギ！

樹林の間からは、機械が集合したような「怪物」が現れた。


「何あれえええ!?」

〈叫ばない！　あなたが狙われちゃいけない。俺が引きつけときますから、プディにしがみついて行ってください。雪豹だからそれくらいできるはずだ、やれ！〉

グレアが言い切って、後ろ足で雪を蹴り上げた。怪物から、私たちを隠すように。

あの紫のたてがみが跳ねるのを啞然と見送る。補佐として近くにいるのではなく、私たちを引き離すくらいにヤバイの。

あの恐ろしい怪物の方になんて行かないでって、叫びかけたのを手のひらで塞ぐ。

それはいけない。グレアの方が雪原に長けているんだから、判断を信じるんだ。

ぐいっとお腹を押すものがあった。プディの頭だ。

（プディに掴まるって……ここでいいの？）

小声で聞いて、首筋にしがみつく。

プディは小柄な雪豹と思っていたのに、首筋はがっしり太くて、このような種族なんだってあらためて驚いた。体格は骨太で、私を背負ってなお、雪を物ともせず進む。

私がまたがって乗る姿は、まるで子ども向けのモコモコ遊具にしがみつくいい大人って感じで。

カッコ悪い、けど必死にやらなきゃ。

グレアの嘶きが遠くに聞こえてきて、泣きそうになった。

そうだ……真珠なら魔法として使えるんじゃ？　こぼれ落ちたひと粒の真珠を摑み取って祈ってみたけれど、何にもなってくれなかったよ……。魔力が宿っている真珠、つまり嬉し涙じゃなきゃ使えないみたい。

言われていたことをやっと実感する。

穏やかな気持ちで心を安定させていなければ、本当に欲しいときに、自分の力――魔法は味方になってくれないんだ。

プディにしがみつきながら、ちらりと後ろを見る。

グレアが怪物と並走している。よかった、怪我はしてないみたい。

けれど今にも、機械の硬質な体と、グレアの綺麗な月毛がぶち当たりそうだ。

「やめてっ……」

もうたまらなかった。

「助けて！」

ぶわっ、と吹雪が吹き荒れる。

こんなときに私は、魔力の制御も手放してしまったのかと……。これだけは守らなくちゃと思っていたのに。穏やかな心を、渇望したばかりなのに。また迷惑をかけてしまったの。グレアの走行にも支障が出るだろうし、せっかく癒されている途中だった雪原が、荒れてしまう？

涙が散ったくらいじゃどうにもならない。

底冷えするような風だ。

空には瞬く間に暗雲が立ちこめて、のしかかるような大粒の雪を降らせる。鋭く切るような北風が帯のように広がり、上から下にかけて吹き込んでくる。プディの雪豹らしい力強い歩みすらも止めてしまった。雪原に積もった淡雪なんてあっという間に巻き上げてしまい、すべて巻き込んで視界を閉ざしてしまう。

これ、知っている。

凍てつく魔力。

フェンリル……？

「フェンリル！」

〈お待たせ。愛娘〉

フェンリルだ、来てくれたんだ。

ぶわっと不安が広がっていく。

あの恐ろしい怪物にフェンリルまで喰われてしまったら？

白銀の毛並みに鮮血が散らされたら？

青の瞳が永遠に閉じられたら？

「いやだあ……」

〈まあ、そういやがるな。それは私がとてもつらい〉

そういう捉え方の話じゃないんだよぉ……。フェンリルそのものをいやがるはずないでしょう。

フェンリルだってきっと知らないはずだ、あの怪物が何かなんて。

わさわさと動いてた集合体の正体は、異世界の落し物だった。芯になっていたのはドラム式洗濯機。やけに大きな洗濯バサミがジャラジャラ音を立てていて、工具のペンチやレンチ。マウスやイヤホン。コーラが半分入ったペットボトル。それらが鉛色のコードでぐるぐるに巻かれていて、巨大化し、なぜか一つのものとして動いている。

ハサミも見つけて、ゾッとした。

「フェ……」

（あれ、異世界の落し物なの！）

それを言いかけて喉元で押しとどめた。伝えたとして勝つきっかけになるだろうか？　と思ったし、私が声を発することでこちらを狙うかもしれないとグレアが言ったし。私が狙われたらきっとフェンリルの戦いの妨げにもなる。

ギギギギギギギギギギギ。

ギギギギギギギギギギギギギ。

機械音が、じぐざぐと迷走している。

吹雪の中を探すように、近代的なライトが眩しく灯(とも)った。

人型のグレアが映し出される。どうして人型になっているんだろうと思ったら、さっきまでユニコーンには目もくれなかった怪物が、一心不乱にグレアに向かっている。

狙っているのは「人型」ということ？

フェンリルもあの怪物の目的からは逃れているらしい。

〈私を無視してまで狙うものが、人型か〉

フェンリルの声の質が変わる。

「これならば？」

え。

今、声を拾ったのは人間の耳の方だった。

怪物がまた方向転換する、そしておそらくフェンリルの方へ。

ということは今のフェンリルってさ。

「――【永久氷結】――」

祈りを圧縮したような詠唱が、唱えられた。

ぴたりと吹雪がおさまる。

時すらも止まったような、透きとおった一瞬だった。

宙を舞っていた雪が、どさりと大地に落下した。

雪原の中央には、そびえるように氷山が現れている。

あの恐ろしい怪物が、氷山に閉じ込められている。灰色の雲が覆う薄暗い世界の中で、人工的なライトの名残がシルエットを照らしていた。

たたずむ一人の姿は。

腰までなびく白銀の髪に、雪色のロングコート、そしてふぁさりと揺れた尻尾と、獣耳。

背筋がすっきりと伸びていて、凛とした立ち姿からイメージするものは一つだった。

「ふぇんりるう……？」

「ふはっ」

長身の体を折るようにして、数回震えてる。

ちょ、これ笑うところじゃない。つい動揺のあまり舌が回ってくれなかっただけ。ウケ狙いではないの。

「おはよう。エル」

「フェ――――――!?」

「ふっふふ、あはは！　エルはいつでも愛らしいな」

こっちを向いたフェンリルは、あどけない少年みたいな表情で笑っている。

えええええいつもこんな顔をしていたの？　獣型では「ニヤリ」ってクールな印象を受けてた。

でもスッと表情を戻すと、凛々(りり)しくて綺麗な人だ。コートが体を覆っていることもあり、中性的でたおやかな顔の造りに目が惹きつけられる。長めの前髪がちらちらと、深い青の瞳を覆ったりまた見せつけたりする。すっと通った鼻筋の下の、形の綺麗な唇がやわらかく微笑んでいる。

獣耳と尻尾が、ふわふわサラサラしちゃってさ。

フェンリルだ。

フェンリルだあああ。

近くに来てくれた彼を見上げながら、私の手は思わずというように、尻尾をむんずと摑んでいた。

私もフェンリルも唖然とした。

「こ、この手が勝手に。ベッドを欲して。しまったようですみません」

「っくく……！」

「うん、これは笑ってもいいとこだと思う。というか馬鹿にしていいよ」

「しない。よし、エルが通常運転でよかった」

「どこでそんな言葉を知ったの!?」

「オマエの寝言で。使い方は合ってたか？」

「合ってるよ……」

なんでこんな会話してるんだっけ？　なんか違くない？

ごん！　と頭に衝撃があった。グレアの顎に叩かれたんだ。何この攻撃。

ずどどどどど、と馬の姿で駆けてきてこれだよ。いや私が悪いわ。すみませんでした。

〈フェンリル様！！！　ご対処さすがでございました。このグレア、極大魔法を扱う貴方様の勇姿を拝見できてたいへん光栄に存じます！〉

「そうか。一〇〇年ぶりくらいに使ったから、ユニコーン族でも見たものは少ないだろうなあ」

〈こ、この情報を生涯大事に覚えておく次第です！〉

「エルの後頭部は癒してあげたか？　はしゃぐのはここまでだ」

〈はい〉

ようやく私の上からグレアが退いた。扱いが雑くない？

これくらいで済ましてもらえたとも言える。何せ私があのとき叫んでしまったから、グレアが怪物の方に向かうはめになったんだから。

「エル。怪我はないか？」

「うん、グレアが守ってくれたし、プディも頑張って走ってくれたから。あ……そういえば雪妖精は!?」

「どうやらここにいるらしい」

フェンリルが、コンコンと氷山を手の甲で叩いた。

あらためて怪物を見上げる。

様々な機械がぐちゃぐちゃに組み合わさった異常な姿。その洗濯機の扉の中から、雪妖精らしき翅の音が聞こえてきた。ヴヴヴン……と、どこか弱く。

「こいつを解放するわけにはいかない。雪妖精は諦める」

「そんな……！」

「落ち着いて聞いてくれるね、エル。雪妖精の性質について。妖精というものは春・夏・秋・冬の手伝いをするために、大地の魔力が凝縮された存在なんだよ。どこかで壊れてしまったら、また同じだけ現れるんだ。増えることもなく、減ることもない。妖精の泉に還って、新たに現れるだけ。妖精王（オーヴェロン）と妖精女王（ティターニア）が導いて、ちゃんと作り直してくれるから」

「それって、死んでしまうこととは違うって解釈で合ってる……？」

「そう」

「けれど、同じ個体ではないんだよね？　あの子たち、フェンリルに綺麗なお辞儀を見せるためにすっごく頑張っていたんだよ」

「新しく生まれてくるものは、きっと生まれたてにしてはお辞儀が上手なんだろうな。まったく同じ個体ではなくとも、魔力の動き方は似ているはずだ。エルならどう声をかける？」

　ごめんなさい、って言いかけた。

「……ありがとう、またよろしくね、かな」

「喜ばれると思うよ」

「……えっと」

〈また盾になってくれ、よろしく、とかナナメの解釈はされませんから、ご安心を〉

「な、なんでグレアにはわかっちゃうの……根暗だから？」

〈補佐だからですが？？〉

「ふふ、オマエたちがうまくやっていけそうで何よりだ」

　フェンリルが瞳を伏せて、氷山の表面に手のひらをかざした。翅の音が、止まった。

「オマエたちも触れてやりなさい。雪妖精への祈りを、穏やかな気持ちで」

私は両方の手を添える。

グレアは角の先をこつんとくっつけて。

プディは鼻先をひっつけた。

「〝舞い終わったひとひらの雪よ、泉に溶けてしばしお休み〟」

フェンリルの呟きを復唱した。とてもよい言葉だと感じたから。そう、お休みしてほしい。頑張ってくれた分だけ休んで、リフレッシュしてほしいなあって。

なんか、自分に向けた言葉みたいだ。

数日そんなことばかり考えていたからかな。

「また会えるのを、待っているぞ」

私もそんなふうに言ってほしかったのかもしれない。

やわらかい声で、軽やかに期待されてさ、大事なものに触れるように手のひらを添えてもらって。

だから雪妖精に与えてみることにする。フェンリルみたいにまだ上手にはできないけれど、氷山をそっと撫でて、魔力のない手だけれど祈りを込めてまた「ありがとう」と伝えた。

〈オーロラ……〉

「えっ」

空を見上げると、あの分厚い雲が嘘みたいになくなり、オーロラが揺らめいている。

グレアが恍惚(こうこつ)とした声を上げたのもわかる、これがまるごとフェンリルの魔力だから。

「すごい。すごいよフェンリル！」

「これは私の全盛期の力。しかしそれをくれたのは、エルだよ」

「えーと、ノの字？」

「そう。私が何かするたびに、エルは誇っていい」

「ちょっと、高慢ぽくて無理かなあ……？」

「はは。そう思う者こそ誇ってちょうどいいんだよ」

フェンリルが私の頭に手を置いた。

びくりと震えてしまった。

控えめに動かして、撫で始めてくれたので、緊張がほぐれていった。

体の芯がひんやりとして心地よく整っていく。

「エル、ずうっとこらえていただろう。魔力暴走をしないように、自分の感情を抑えてくれていて助かった。正直、オマエが本能のままに乱れていたら、私でも冬を制御できるか怪しかったからな」

「……」

「ありがとう。正しく、雪山を守ってくれて。私たちのことを信じてくれていて」

「うう……」

「エルが怒りそうなときは、私が代わりに怒ろう。このたびのように。悲しくなったときにはベッドになろう。耳も尻尾も貸してやる。だからもうしばらく頑張ってくれるか？」

「ん……やって、みる。へたくそだけど、やってみるよ。感情をコントロールしながらも、また魔法が使えるように、なりたいなあ……っ」

「できるようになる。大丈夫」

「ぐすっ……ううう。フェンリルたちが危ないときに、魔法が使えないの、怖かった」

「うん」

「絶対無事でいてほしいのに。私には、教えてもらった魔法があるはずだったのに。見ていることしかできないしっ、……私のことを守ろうとしてくれて、みんながっ、もっと危なくなる。こんなの冬姫じゃないのにって」

「まず、聞こう」

「う――……！　冬姫の資格があるのか怖かった。そんなこと考えてる場合でもないのに、資格とか自己中なこと考えてる自分が嫌だった。結局、自分だけだ。自分の目と自分の心じゃ、自分の世界しか見えていないし考えることができない。っ……だからわがままな心や考え方だと、わがままな冬しか呼べない。心のイメージが魔法だ。それはいやだから私は結局、魔法が使えないまま。……フェンリルのことを思い出してたよ、できるだけ、自分の心をやわらかく包んであげられるように」

「そうか」

「ありがとううう。ちょっとだけ、コントロールできてた気がするの。ちょっとだけ。あなたが教えてくれたから……。もうしばらく、私にも、期待してくれますか？」

「敬語……まあ、今だけ許そう。いいよ。期待している。エルは一番大事なことがわかっているから、きっとできるようになる」

「それって撫でること？」

「よく覚えていて頭もいい。そうそう、誰かを思いやって撫でてあげるような気持ちだよ。傷つけるようなことが嫌だと考えられるなら、穏やかな心になれたとき、傷つけなくなった自分のことをきっと自分でも愛してやれる。それまでは理想と現実に揺れて、多少乱れることもあるだろう。本来なら一年以上かけて幼狼が学んでいくことだから。当たり前に足りないところは、私にまかせてくれるか？」

「そんなのを押しつけていいのかな……」

「ほしい」

「わ、わかった。……ふっ」

「やっとまた笑った」

フェンリルがくしゃくしゃと大きめに腕を動かして、撫でて、それから後ろを向いた。

「さあ、他を見る余裕もできただろう？」

怪物……。

さっきからまるで放置してて、なんか、ごめんよ。

まだ点いたままの懐中電灯の光が逆光になっていて、ちょっと見づらい。氷の中にある懐中電灯のスイッチを押すことはできないから、私たちが裏手に回った。

ぐるりと一周して見てみると、あらゆる〝落し物〟がさらに詳細に眺められる。うわあどこかの会社のファイルまであって、重要書類が丸見え…………これ、うちの会社の決裁書類では？

しかも私が予測したのと数字が違いすぎ。…………。

汚職か。やってそうでしかない。

はあああ～～。

なんだか一気に脱力してしまった。異世界に来て半獣人になってやっと、こんなことで会社と別離の踏ん切りがつくとは……。

「ねえフェンリル。これ元会社の書類らしいの。で、……」

空に暗雲が立ち込め始める。待ってフェンリル落ち着いて。

「撫でようか!?」

「それがいいかもしれない」

フェンリルがひょいと私の体を持ち上げたので、片腕の上に座った状態になり、混乱しながらもすぐそばにある頭をせっせと撫で始めた。白銀の髪質はサラサラで、人らしい感触。

会社の話では怒るらしいから、フェンリルに伝える言葉はマイルドにした方がいいな……。

「すごーくやばーい嘘が書かれた書類がここに紛れててね。で、これは複製(コピー)のようだから、原本が提出・承認されているはずなの。大株主……支えてくれてる信者のみなさんに、こんなデタラメな数字を見せても、じゃあ今年度の売り上げが下がっている理由を追及されると思うし、信用をなくしちゃうよ。これほどの嘘は罪。やがて弁護士(エライヒト)交えてめちゃくちゃに潰されると思います。つまり元会社の今後は、ダメダメなようです」

〈よしっ！〉

露骨だなグレア。

人型だったらガッツポーズしてたでしょ。

「そうか」

フェンリルがすうっと目を細めて、まぶたを下ろした。

そうか、とまた呟いた。

「これにてエルのことを縛っていた鎖が断ち切られたなら、僥倖(ぎょうこう)。この怪物に驚かされたことにもおつりがくるな。元カイシャのことについて、オマエの口から、ダメダメだと聞かされたのは初めてだ。やっと言えるようになったんだよ。そう、待ち望んだ変化だ。エルはエルのために、生きなさい」

❄ 非常食パーティ

山頂に戻る途中に、クリスに会った。遠方から怪物のことを発見して、フェンリルたちに助言してくれていたんだって。氷馬を足場にして、さらに自分の氷魔法を階段のように重ねた高い視点から、雪原を見下ろしていたそう。活かされた望遠魔法は秋の魔力。

グレアが違和感に気づいて声を拾いやすいようにと、春風で言葉を届けた。

(人型に反応するのではないか?)……って。

道具を持たない限り人間は狩りやすく、美味(うま)いから雪山で遭難するとまっ先に狙われる。と、クリスは経験から知っていた。

「すごい。クリスがいてくれて助かりました。ありがとうございます……!」

「僕にできることをしただけです。みなさまの御身がご無事で、本当によかったと——」

感極まって彼は泣いてしまった。男性が泣くのを見たことってそうないから、慌てちゃった。ハンカチなんて持ってなかったから思わずプディの尻尾を差し出してしまったな……クリスは普通に涙ぬぐってた。希少な雪豹の毛皮をついでに嗅いでた。

彼がどこか吹っ切れたような表情でフェンリルに言う。

「しばらく僕は雪山の調査をすべきです。自分でやっと決めることができました。あの怪物の正体が判明して対処も考えられるまで、みなさまのお側で学ばせていただけますか」

「そうするといい。雪山はオマエを拒絶しないから、ともに生きられるよ。プディが〝ウレシイ!〟と、グレアが〝貴方の知識と交換です〟とのことだ。一緒においで」

「っ……光栄です。……すみません言葉が詰まってしまって。フェンリル様から通訳をうかがうことになるとは思いもしなかったので、驚いたのです」

現在はというと、ユニコーン姿のグレアに、人型のフェンリルと私が相乗りしている状態だ。

びっくりするのも当然だよねえ。ああ、遠方からもう人型のフェンリルは見ていたんだっけ。でも実際に見てみると驚きも増すの、わかります。

フェンリルとクリスを交互に見てみる。二人ともどことなく顔立ちが似ていて、王家の血筋を感じるとともに、フェンリルの白銀の髪も、代替わりの前にはあの白金色だったのかな？　って想像した。

なんとなく、自分の白銀髪をいじる。

「私たちはこのままグレアに乗っていく。エルが私の人型をすんなり受けとめてくれて、雰囲気に合うしカッコイイと言ってくれたので嬉しかった。クリストファー、ついておいで」

「えっ!?　あっ、はい!?　もちろんですが……！」

敵わないにもほどがある……ってクリスがどんより呟いてたのはなんだろう。

男装の麗人って感じでほんとカッコいいから、比べて落ち込んじゃったのかな。

「しっかり摑まっているように。グレアの本気を見せてもらうとしよう」

〈光栄です〉

「わっ」

グレアの足が深く曲がり、グンと大きく前に進んだ。頬がしもやけ色に染まるほどの冷風がビュウと吹き込んできて、氷のドレスの裾をばたばたさせる。それに気をとられることもなく、グレアはまっすぐに進むので周りの景色が瞬く間に変わっていく。雪原、森林、凍りついた川に、霜に覆われた竜の洞窟。

これは、フェンリルが五年前まで呼んでいた、重厚な冬の姿。

フェルスノゥの民にとっても馴染み深いようで、クリスは氷馬を慣れた手つきで扱い、隣を並走した。ががががっと大粒の雪を踏みしめる音、湿った空気のにおいがする。スノーマンがにんじんの鼻にツララを垂らしていて、へくしっとくしゃみした。

「このたびの冬毛になった動物などが風邪を引いてしまいそうだな。エルの冬に、戻そう」

「わ、私の魔法で？」

「エルの力を借りて私がうまくやるさ。大丈夫って唱えてごらん」

「ダイジョウブダイジョウブダイジョウブ……」

「呪文みたいだな、ははは！　ほら手を貸して」

フェンリルが後ろから包むように手を伸ばして、私の手のひらを取った。

「エルの冬をちゃんと覚えているからね。必要なのはイメージして祈ること。もちろん、落ち着いて。――冬よ、来い」

硬かった雪がふわんとほどけていく。吹く風がやわらかい。空が晴れ渡り、植物たちは生き生きと深緑色の葉を伸ばし始める。動物はひょっこりと顔を出して、のびのびと活動を始めた。

「これからは、こうでなくては」

フェンリルがずっと笑ってる。

「エルを知るのは楽しいよ」

「じゃあ……お礼にとっておきのご馳走をしてあげる」

いざというときのためにとっておいた、非常食の高級食材。お礼とお祝いにこそふさわしい。

山頂に帰って、レヴィの温泉で缶をあたためる。騒動を知らない彼女は、満面の笑みで迎えてくれた。

缶の蓋を開けると、ほわっと湯気が鼻をくすぐった。んー甘いバニラの香り。

スポンジケーキを皿にのせて、ナイフで薄く切り、ツリーフルーツと缶のクリームチーズを挟む。

飾りろうそくを立てて、テーブルに出した。

「じゃあん。異世界風お祝いのケーキだよ。怪物対応、おつかれさま。成功おめでとう」

一瞬、しまったかと思った。フェンリルの成功は当たり前なのにわざわざおめでとうって言うのは嫌味だった？　って。けれどみんな、そんなこと気にした様子はなくて。

「素晴らしい成功を目にできて俺は幸せ者です」

「わかります。まさか極大魔法の瞬間を拝見できるなんて！」

〈ねえ、何があったの？　レヴィにも教えてちょうだいよ〉

〈アノネ！　ナンダッケ？〉

「ははは。私がしばらくぶりに使った魔法が成功して、ああよかったな、という話だ」

フェンリルの成功は当たり前ではなかったことにあらためて気づかされた。

自分自身の葛藤や心配は、きっとあって、それでも落ち着いて魔法を使って成功を収めたんだ。

切り分けたケーキを、一番最初にフェンリルの前に置く。

「おめでとうフェンリル。ありがとう、すごい魔法だった」

「ん。いただこう」

フォークに綺麗にのせられたケーキが、口の中に入っていく。

頬が動いて、フェンリルはぱちぱちと瞬きした。

「美味しい！」

あなたのそのきらめく表情が大変尊くて信者たちがひれ伏しているのですが——……！

おでこに手をあてたり、目頭を押さえたりしながら「尊い……」と悶えているグレアとクリス。

私ももれなく尊いという感情を理解した。フェンリルのこと、もともと尊敬はしてたよ。けれどそれ以上の、こう、なんて言うか、素敵で素晴らしくて愛おしいんだけど高貴で雲の上！　みたいな。

「ふむ。口の中でやんわり溶けていくような食感で、ケーキというのはエルの呼ぶ冬みたいだな」

「褒めの天才だよね……ありがたい……」

「泣かないでくださいエル様。あっ、いや泣いていいです、ピンクの真珠が生まれてます」

「え！　もっと泣いとく。いざというとき自分の力にできるように、幸せな思い出貯めよう」

「フェンリル様。僕のケーキも召し上がりますか。そしてプリンセスに何卒ご感想を」

「いや、全員で分け合った方が美味しいだろうと思うし。エルが望むのが幸せな思い出を貯めることならば、同じく好いているオマエたちにもケーキを食べてもらえるのが最善だろう？」

「感動の涙が……」

「クリスが泣くのは別にどっちでもいいですが。エル様の真珠が増したようで何よりです」

「うっうっ、フェンリルはどうしてそんなに優しいのおおお」

「そうでもないが？」

フェンリルはまた一口、上品にケーキを食べた。

そして粉末ミルクティーを溶かしてオレンジの風味をつけたものを、一口。

やわらかく上機嫌に微笑む。

「私が言ったのは、おそらく世界の普通の価値観だよ。けれど受け止めているオマエたちの心が、優しいんだろう」

好きだ。

マジで全員がそう思ったはずだ。

あのレヴィが穏やかに照れてるし、プディもころころと笑ってるもん。

私たち大人三人は顔から火が出そうです。フェンリルの清らかさと、自分たちの泥臭いやらかしの数々を比較して頭がいてーったらないですわ。私は、ここ最近の会社関係の乱れよう。グレアはおそらくユニコーン族への恨みつらみ。クリスはミシェーラとのいざこざかな。

年の功でもあるのかな。つくづく、フェンリルには敵わない。

荒ぶる心をなだめるように、私たちも祝い膳を食べ始めた。

「あっ、本当にケーキいい感じにできてるね。スポンジがかなり甘いから、クリームチーズをしょっぱいまま使っても美味しいと思ったんだ。ツリーフルーツの桃風味を選んだのも大正解」

「これほどのものが長期保存食だとは……。プリンセスの故郷の技術はすごいですね。僕の国ですと、ケーキはどっしり重いパウンドケーキが主流です。スパイスを利かせて固めに焼き、ドライフルーツで甘みを加えます。長持ちさせるには表面に星屑糖(ほしくず)をまぶします」

「料理の種類にも詳しいとは知識好きな王族でいらっしゃいますね。ところでこのジャガイモのポタージュというもの、フェルスノゥ王国でも作れるんじゃないですか」

「あっそうですね。冬季ジャガイモが風味も似ていますから、ミルクと合わせてなめらかに濾せば……缶詰がなくなっても、プリンセスの故郷の味が保てるかもしれません」

「ありがとう。いろいろ考えてくれて。それならミネストローネも再現できるかも？　野菜を細かく刻んで煮込むだけだし、燻製肉はたしか王国からのバッグにも入っていましたよね。ハーブ類はたしか冬を呼んだときに私が生やしたのがあったから……」

「洞窟の外に生えていましたね。ローズマリー、ローレル、オレガノ……これらは遠方の国でしか採れないものですから、ありがたいことです。消費のご許可、つつしんでお受けいたします。ここにて先にお約束します、他国に貿易で流すことはいたしません。それが戦の火種になっても面白くないですし、我々はこの地で冬を守っていくことができれば満足ですから」

「ひえっ!?　助かります……私、相談もなしに勝手なことを。そっかあ調味料で戦争も起きかねないよねえ。えっと、まだこの世界情勢に詳しくないですがきっとこれから」

「そのために僕がここに残されたわけですから。なんでも相談してください」

「人はクリスが、雪山は俺が、師にはフェンリル様がいらっしゃるのですからね、エル様はよくご自覚くださいますように」

グレアが温泉卵をかき込んだ。あ、照れ隠ししてる。

フェンリルはというとマイペースに非常食のグミをつまんで「私の形だ」とか言ってワンコ型の

を見せつけてくる。あざといのに、天然だから、この冬の女王様はっ。

スープの湯気を吸い込んで、レヴィが満足げにスカートの水面を揺らす。香りつきの空気は美味しいんだって。

プディが口の周りをビスケットまみれにしていて、クリスが粉を落としてあげている。

ああ、にぎやかだ。

楽しい。

こんな懇親会に私もいたかったんだ。

「いい日だあ〜」

「うむ、エルがいい顔をしている。だから今日はいい日であったということで」

缶ジュースがぷしゅうと開けられて、乾杯をした。

✻夜更けの姫君たち

はしゃいだあとは、ぐっすりと眠ってしまったらしい。

私はふと、誰かに抱えられて運ばれている感覚に気がついた。

おそらくフェンリルだろう。

優しい腕に安心して、なんと二度寝をキメてしまった……。

ゆらゆらとする腕の中でうたた寝をするのは、ゆりかごに揺られる幼子のような心地で。

ようやく歩みが止まると、とさりと落とされたのは雪の上だった。

「さぶっ……!?」

いくら冷たいのが好きな冬毛になったとはいえ、人肌のあたたかさからの温度差にはびっくりしてしまうって。

手をさすさすと動かしても、フェンリルの白銀の毛皮はない。

周りはしんと静まり返った宵闇で。うっそうと木々が茂っていて星空も見えない。

真っ暗な中でクリスの白金髪がやけにはっきりと見えていた。

表情がなくて、なんだか怖くて、雪に尻餅をついたまま後ずさり、木の幹に背中をつけた。

『その本能は正解だと思いますわ』

「……あ」

この声は。

「ミシェーラ姫!?」

『ごきげんよう、冬姫様。お兄様の口からわたくしの声が現れるのは不気味かとお察しいたしますが、連絡のためにしばし耐えていただきますようお願い申し上げます』

クリスの体がぎこちなく動いて、フェルスノゥ王国式のお辞儀をする。

おお……もしも淑女のカーテシーであったならかわいそうな光景になるところだったね。

『お兄様とわたくしは血統が同一ですので、魔法により相手の中に入り込むことが可能ですわ。二人きりでいるときにだけこの魔法は使えます。秘密の技能なので、他言はなさらないでくださいね』

けっこうな重要機密を聞かされたんじゃないだろうか。

シー、と口元に人差し指を当てるクリスは、無表情だから怖いんだってば。

表情筋が動かなくなったことで、芸術家が彫刻をしたような顔つきになっている。真夜中に動く彫刻。うーん怖い。

こくりと頷くと、ミシェーラ姫は微笑もうとしたようだけど口の端がひくりとしただけだった。怖っ。

『わたくしの用事ですが、フェルスノゥ王国に現れた怪物についての情報共有です』

「そっちにも!?　あのね雪原で……」

『雪原の様子はグレア様からの梟便で詳しくうかがっておりますので、ご安心ください。よい補佐に恵まれておりますね』

ミシェーラ姫にもグレアにも、敵わないや。倒木の上に座り、ただ話に耳を傾けることにした。

『フェルスノゥ王国近郊から山のふもとにかけて、三体の怪物が現れました。新種の脅威と言えるでしょう。特徴といたしまして、金属が軋むような音をたてて近づいてくる。鉛色の人工物の混ざりものの体をもつ。方向移動はぎこちないが、走行は素早い。目的は人間を襲うことのようで、吸い込むように体内に取り込んでおりました。けれど怪我をさせずに保管していて、あとでそのまま吐き出した』

「え、えぇと。混ざっている機械の造形について、詳しく教えてくれる？」

私が提供できることといえば、異世界日本の機械かどうか、判断することだと思って。

『そうですわね……吸い込むために使われたのは、節くれだった長い管でした。内側に入り込む風によって人をさらい、つるりとした箱のような胃袋に収めます。外からも内部が見える半透明の箱は氷のようでもありましたが、あとで触れたところ生暖かかったですね。分解も、切断もせず、そのまま吐き出したのですから食事ではなさそうですわ』

「掃除機だと思う。生暖かいのはモーターの熱のなごりかな。私の世界にそういう機械があります。ホコリを吸って清掃するための道具なんです」

『ほほう。人類の掃除だとでもいうのかしら……』

「ミシェーラ姫、怒っちゃダメです。中の人は助かったんですよね……」

『少女が一人収まりましたが、申し上げた通り、怪我ひとつございません。記憶ははっきりしており、魔力の乱れもなく、ただ吸い込まれて怖い思いをしただけですわ。吐き出したあとは、次を吸収しようとして再び走行。その際にわたくしが氷魔法で串刺しにしました』

「く、串刺しに……。ミシェーラ姫も対応に訪れたんですね」

『国一番の魔力を、国の危機にこそ使わなくてどうします』

ミシェーラ姫の言葉に迷いはない。

この子はずっと変わらないんだ。変わる必要もない、理想の自分が仕上がっている。

他、二体の怪物も彼女の魔法で足止めして、機械関節を騎士団の剣が切断したそうだ。

『みなさまが遭遇した怪物よりも小柄で、お兄様から春風での注意喚起もあったため、すみやかに倒すことができました。みなさまも怪物へのご対応、おつかれさまでございます」

対等に扱ってくれている。

ミシェーラ姫の中では、私は〝雪原を守る冬姫〟のイメージのままなんだ。

今は、何もできないの。って、言わなきゃ……。

『思いつきを申し上げます。怪物の目的についてですが、人を襲うのではなく、探していたのではないかしら？』

「探して……？」

どんどん話が進行する。思いつきも必要とあらば言う。彼女の与える情報は必要なことを、的確に、短く。クリスの瞳がゆらゆらと揺らいできていることから、もうあまり時間がないのかも。

『異世界の怪物が探しているのは、異世界の人間なのではないかしら』

「っ！」

『異世界の機械が絡んでいるのでしょう。エル様が現れてから、異世界の落し物があきらかに増え、機械の怪物がやってきたのだから、それについては関連性を想定します。おつらいことを申し上げているとわかっていますが、ともに解決を目指すため。事実から目を背けていれば望んだ未来は遠いままです』

ミシェーラ姫が跪いて私の手を取る。

事実を話してくれますね、とその目が必死に訴えていた。

――うん、嘘を話す人にはなりたくない。

『わざと怪物を呼んだわけではございませんね？』

「はい。構成していた機械それぞれに見覚えはありますけど、怪物として動くものはあっちの世界にもありませんし、初めて見ました。呼ぶ方法も知りません」

『あなたがこちらの世界にやってきたのはたまたまなのですよね』

「気がついたらフェンリルの毛皮に埋もれていて。会社をクビになった腹いせにふて寝しました」

『故郷に未練はありますか？　戻りたいですか』

「……いいえ。戻りたいとは思っていません。こっちの世界で本当によくしてもらって、快適な環境が嬉しいですし、まだ、たくさんもらった恩を全然返せていないから。……未練については、両親についてはあるかな。何も言わずに転移してきてしまったから、一言だけでもメッセージを伝えられたらよかったかなあって」

『承知いたしました。異世界にそのお気持ちを伝える方法について、わたくしたちも調べてみます』

「あっ……」

『何か？』

「スマホがある。異世界から電話が来たので、こっちからもメッセージを送れるかも」

『――承知いたしました。伝言については、ぜひと思いますが、その際、フェルスノゥ王国で行っていただけますか？　異世界とこの世界が繋がるときに、何が起こるか想像もできません。滅多なことは起こらないだろうとイメージしておりますが、万が一には備えましょう』

「は、はい。今すぐスマホを壊すとか、しなくていいんですか?」

『未練を解消するもの。スマホを壊すというご提案は、最終手段として押さえておきましょう』

「あっはい」

最終手段として言質を取られた。ミシェーラ姫、抜け目ない……すごい……。

『不安を壊すことと、解消することは違う。壊しても忘れても、最初からなかったことにはならないものです。不安は糧です。乗り越えたときにはまた一つ己を強くする、挑むべきクレバスですわ。遭難した先の山小屋でやるべきは、吹雪の中に逃げ出すことではなく、ペチカを灯して一夜を生きること』

私が迷っていることに気づいて、ミシェーラ姫は長く語ってくれたんだと思う。

去ろうと一礼したミシェーラ姫の腕を、気がついたら摑んでいた。

「……相談していいですか?」

『わたくしに言うべきことでありましたら、うかがいます。けれど、急ぎでなければ身内を頼った方が』

ミシェーラ姫の面影のように背に現れていた白金のオーロラは、薄くなっている。

本当にそろそろ時間切れなんだろう。これだけどうしても聞きたい。

「冬姫の候補であったミシェーラ姫に聞きたいです」

『では、敬語はなしで』

言葉を短くしてってことね。了解。

「私の目的は、魔法を取り戻したいってこと。フェンリルたちが困っているときに助けたい。そんな自分でありたいの。どうしたらいいと思う？　魔法の使い方を教えて」

『元冬姫候補のミシェーラをお望みなのね。今のあなたは、魔法が使えないの。使いたい気持ちよりも、不安の方が大きいからだわ。そんなこと考えてる暇もないくらいの極大魔法を使うのよ』

「どんな⁉」

『幼子が魔法を知るための、はじまりの極大魔法がある』

「それはクリスも知ってる？」

『ええ。日和って教えないかもしれませんが、絶対聞き出して』

「や、やる」

『時間切れ。あとはお兄様に託すわ。——冬姫様』

まだ、私のこと冬姫様って呼んでくれるんだね。

うやうやしく跪いたミシェーラ姫は、去り際の挨拶として私の手の甲にキスをした。

唇からこぼれた氷魔法が水面に落ちたしずくみたいにはじけて、ティアラを作り出した。

幼子がつけるような小さなサイズ。

勇気づけるための贈り物、なのかな？

オーロラを纏わなくなった彼女の……クリスの肩が、びくっと動いた。

「ええと。おつかれさま？」

「っっっっっっすみません！　すみません！　なぜかこのような姿勢……ミシェーラか‼」

頭を抱えて叫ぶ様子は「ガッデム！」って感じだ。苦労させられてるなあ、お兄様。

すみやかに私から三歩ほど距離をとって、クリスは頭をずぼっと雪に埋めた。

「い、いいから。そんなふうにしなくていいから。なぜ土下座スタイルを知ってるの」

「古来より伝わるフェルスノゥ王国の謝罪なのですが、伝わると申した通り、その起源は異世界の絵巻に描かれた謝罪風景だったと言われています」

「そうなんだあ」

フェルスノゥ王国に行ったら、意外と日本らしいところが見つかるかもしれないね。

やけに日本のものが多いから、異世界と繋がっているポイントは、一定なのかもしれないな。

「クリス。直球で言うね。はじまりの極大魔法」

「うっ。…………ミシェーラが教えたのですね」

「使う。やり方を教えて」

「それほどまでにプリンセスが悩んでいたのは、知っています。しかし信用してもいいんですか？

ミシェーラは元冬姫候補であって、あなたを蹴落としてまた次期フェンリル様の座を狙っているかもしれない」

「あー、人間ってそういうとこあるもんね。気をつけるね」

「いえ……ご不快な思いをさせました」

「ともにより良い未来に進むために現状確認は大事だって、ミシェーラ姫も言ってたよ。似てるね」

「フェルスノゥ王族としてそう教えられます」

「そういうみなさんだから、自然に信用できるんだ。フェンリルたちが雪山を守っているように、クリスたちはフェルスノゥ王国を守ってる。私欲で立場を奪おうとはしないはず。冬を守るという目的を忘れない人たちだから。私がはじまりの魔法を使ってもいいって判断してくれたなら、信じて頑張ってみたいよ」

「……」

クリスが足を深く曲げて、両手の拳を突き合わせて、フェルスノゥ式の最敬礼をした。

「この場ではお答えできないのをお許しください。フェンリル様には僕から相談をいたします。きっと良いお返事をいただきます」

「ありがとう！」

「はい」

クリスの返事がやけに短い。

もしかしてとても難しい決断だったのかな。ミシェーラ姫も「聞き出して」って物言いをしていたし、クリスはやけに緊張した面持ちをしている。

困りながらティアラを頭につけてみたら、ソッとため息をつかれてしまったし。寒い夜には少し息を吐いただけでも白く染まるから、わかっちゃうよね。と思ってたら、頭にティアラをつける行為は、「はじまりの極大魔法」を使うときの装備だったんだって。つまり妹にしてやられたお兄様、ドンマイすぎる。私は軽率さを反省しなければ……。

「フェンリル様にお叱りを受けるとしたら、僕の役割です。プリンセスは御心を乱さないままにいてください。あなたもその行動で、立派にみなを守っていることを、お忘れのないように」

はじめての極大魔法

朝日を浴びながら、雪山の頂に立つ。

ふんわり積もった白雪がキラキラと輝いていて、まっすぐな日差しが線になって雪原に注いでいる。岩にこびりついていた氷はだんだんと薄くなり、魔力のしみ込んだ大地が癒されていく。豊かな深緑の葉をそよがせた針葉樹が並ぶ樹林に、遠くにはポツリと大きな永久氷結の氷のかたまり。

隣にフェンリルがいる。

白銀の毛並みがサラサラと私に触れている。

はじまりの極大魔法について昨夜尋ねた。

〈エルがやりたいなら〉

それが、フェンリルの返事だった。

緊張していた分、私とクリスはへなへなと座り込んでしまったのが、昨夜のことだ。

グレアは〈心配しすぎなんですよ。失敗したら都合よく忘れてしまえばいい〉と励ましてくれて、プディやレヴィはぎゅうっとすり寄ってきてくれた。そのとき氷のドレスが溶けて目撃したクリスが鼻血を出したのはひどいトラブルだった。

そういうもの全部含めて、私は、守ってみたいんだ。

「挑戦させてくれてありがとうね」

〈嬉しかったよ〉

「そう……？」

〈可愛い愛娘が、愛子になったような心地だ。守られることを知って、守ることを覚えた〉

「娘から、子に、って。フェンリルたちにとってはひとり立ちを意味するんだ」

〈まだたっていってくれるなよ。オマエは学ぶことも成長するのも早すぎる。三〇〇年をかけてゆっくり育ってくれてもいいのに。はあ……〉

「それは遅すぎでしょ～」

〈私がこれからまたそれくらい生きるのだ。エルがひとり立ちするのなんて、もっとあとでよい〉

プイって。

拗ねてる。まじか。かっわいい……。

もふりと抱きつきたいところだったけど、フェルスノゥ王国から合図があった。

王城のてっぺんから、ッド————ン……！　と氷のハナビ。

日本の花火のようだけど、火ではなく氷魔法で作られている。

号令をかけるときに、使われる。

「国全体を覆う結界が整ったようです」

クリスが囁く。そう、私の魔力が万が一にも暴走しないように備えることは大切だから。

信じられてないわけじゃない。挑戦するために、整えてもらった舞台だ。

頭の上のティアラに触れる。

やるよ。

「〝私の中に降り注ぐ雪。その上を撫でてゆく北風。その下で育まれる命の奇跡〟」

自分を撫でてあげるようなイメージ。すると、心がまあるくなる。

落ち着いたまま、私の中に魔力が渦巻き始めた。

フェンリルたちが息を呑む音が、人間の耳から聞こえる。

これは人間が使うはじまりの極大魔法。

「〝いただいた冬の魔力はフェンリル様のご加護の賜物。氷の爪は我らが眷属である証〟」

祈るように手を組む。

それから指をほどいて、手のひらを受け皿のように合わせる。

「〝雪の女王のティアラとなりて〟」

できた。

私の手のひらには、氷のティアラが完成している。

これをなぜ子どもたちのはじめての魔法にしているのかというと、体にある魔力のめいっぱいを使う魔法だから。まだ魔力が少なくても魔法が形になり、自分も魔法を使えるという自信になる。

魔法は形になって残ってくれる。どんな小さなティアラであっても、生涯の宝物になるだろう。

ふと、気づく。

私にはもうミシェーラ姫がくれたティアラがあるじゃん。

「フェンリル。私が作ったティアラ、もらってくれる？」

〈いいのか？〉

「うん。あなたは生まれ変わるときにティアラを王宮に寄贈してきちゃったんでしょう。じゃあ、新しい自分のためのティアラは持っていないのかなって」

〈それは人間のための極大魔法だからな。私がフェンリルとして初めて使った魔法は、冬毛になることだったよ。厳密には魔法じゃないらしいが、まあいい〉

「――どうぞ」

思い切って差し出すと、フェンリルは頷いてくれた。

獣の冬毛がシュワリとほどけていって、人型のフェンリルが現れる。

私の前に、クリスそっくりのしぐさで跪いた。

あわわわわわ敬うべきフェンリルにいつまでも頭を下げた格好させられない、グレアがうろんな目でこっちを見ているー！

フェンリルの獣耳の間に、そっとティアラを飾った。

そのまま丸ごと芸術品みたいに綺麗だなあ……！

それから見上げてきて、ふわんと微笑みを向けてくれるあなたはとっても優しくて。

もっと甘えても、いいかなぁ？

手を掴んで、立ち上がってもらう。じいっとフェンリルを上目遣いに見てしまう。

「おお、頭が重いくらいだ。いったいどれくらいの魔力が凝縮されているのやら……そのうえ、極大魔法を使っても気絶などせずにまだピンピンしているし。エルは相変わらずとんでもない」

「ところで大変恐縮ながらこちらから申し上げたいお願い事などあるのですが」

「いったいどうした何事だ。震えているぞ？」

「ええと、あの、撫でてもらえたらきっと嬉しいの」

ずっと思ってはいたんだけどさ、なんか、言えなかったの。

言えなかったことなんだけど……。

もう、言えそうな気がして。

言えた。

「いいよ」

そうだよね。そう返してくれるんだよね。わかってました大変ありがとうございます……って心の中で唱えなくちゃいけないくらい照れまくりだ。だってこんな幼子みたいな、褒めて、って言い方は恥ずかしかったんだもん。でもねきっと、撫でることは慰めることに似ている。

私はずっと慰めてほしかった。

ちゃんとできる子になれたね、って。

フェンリルが手袋を取り、大きな手のひらが素肌のまま髪の上を滑っていって、サラサラと白銀の輝きを散らしている。指が髪のすきまを通るたびに、熱とも冷たさともつかない温度が私に与えられる。そのどちらもが、かけがえのない優しさだ。

じんわりと満たされて、幸せのため息が漏れた。

「そういえば撫でてもらうばかりで、私がエルを撫でたことはほぼなかったな。すまない」

「いやぁ、人型のフェンリルに会ったのはつい最近だしさー。私もバタバタしていたし。獣の前脚を頭に置かれてたら、ただただ潰れてたよ？」

「ふふっ、そうだな」

「笑い上戸」

フェンリルは上品に笑っている。

撫でていた手が、顔の横側の髪をくすぐる。氷の爪を見つめる。

ん？　手が……女性にしては骨ばっているような。

ということを聞いたら男性型なんだって。

え？？？？　え――――！

撫でてもらいながらこそばゆさが妙に増した。俯（うつむ）いちゃった。

「私はもしかしたら、こうしてオマエに触れることが怖かったのかもしれない。まだ幼いし小さくてか弱くて、潰してしまうのかもしれなくて。たとえ人型であったとしてもだ。大事すぎるものに触れるのはこうも、怖いものなのかと」

そんなふうに想ってくれてたんだ。

「けれどまあ、触れてみたらなんとも心地いいだけだった。いい冬の毛並みだ！」

すっごい熱心に撫でてくれる。

それから毛並みやら感触やら、私への褒め言葉がもはや殺し文句の域ですごい。

すっごい照れる。

すなわち、私の心が荒ぶりかけているんですけどおおおお。

ポジティブな心を保っていられる今のうちにさあ、余分な魔力発散しといた方がいい気がする！

「フェンリル。魔法、もっと使ってみてもいい!?」

「やる気に満ち溢れているなあ。そうだな……山頂の広場はフェンリルが魔法の特訓をするためにあるんだ。何か作ってみるのはどうだ」

「やる！」

何もない真っ白なキャンバスに何を作ろう？

イメージは……。

氷の城。

ダン！　と足を踏み出した。

そこから冬の魔力が溢れ出し、魔法陣となる。まるで、冬を呼んだときみたいな光景だからみんなが驚いている。

「大丈夫。範囲指定してるだけだから！」

安心してね。って状況連絡、大事。

ミシェーラ姫が街を囲ったように、魔法の範囲を決めちゃえばいいんだよね。

そしたらめいっぱい、挑戦できる！

まずは頑丈な氷の柱。薄氷の美しい壁を張り巡らせて。北風はペンのように細く鋭く氷の表面をなぞっていって、氷模様の装飾を刻んでいく。一階二階三階……と床を重ねていくのは、アフタヌーンティーのケーキスタンドのようなイメージ。だってお城の構造とかよく知らないから、私がイメージする氷の城でいいはずだ。最上階の天井には、雪の結晶みたいなシャンデリアをきらめかせる。そこまで届く螺旋（らせん）階段をくるくるとリボンのように生み出した。

さすがに疲労も出てきて階段はちょっと歪んじゃった……。

いいや、凹んでても、てっぺんまでたどり着けたらきっと眺望は綺麗だから。

よーし、とんがり屋根の上に、輝く星の装飾を！

クリスマスツリーみたいなのが雪国にはぴったりでしょ？

お祈りするように組んでいた手の、指をほどいた。

それから腕を広げて、

「じゃじゃ――――――ん！」

完成だよ！

くるりと振り返った。

みんな、ぽかんと口を開けてまばたきも忘れて氷の城を見上げている。

な、何か言ってほしい……。

「何か言ってほしいなあ……」

〈なんつーデカイもの作ってるんですか。山頂の半分はありますよこれ〉

〈ニャア！　太陽までトドク？〉

〈レヴィこんなの初めて見たわ……冬ってこうなのね、面白いことに満ちているのね!?〉

「なんと……。高さは、だいたいフェルスノゥの城と同じです。この山頂にあっても崩れない重さ、大きさのギリギリを、本能で見極めていらしたのでしょう。氷が驚くほど透きとおっていて内部までよく見える。玉座の間のようにただ広い贅沢な空間なのですね。おそらく光がなくなる夜になったら、氷は壁のようになり、内部が覗けなくなるはずです。プリンセスはここを寝床にするべく作られたのでしょうか!?」

「えっ、そこまで考えてなかったかな……？」

クリスが早口で詰め寄るように質問してくる。好奇心で目が爛々(らんらん)としている。

ぐいっ、とクリスは襟首を掴まれて、私からひっぺがされた。

ひょっこり顔を表したフェンリルは、笑っていた。

「エル、よくできている」

「気に入ってくれた……？」

「ああ。オマエがその冬毛になったときのことを思い出した。突拍子もなくて、とても綺麗だ」

思わず、その場でくるりと一回転して自分の氷のドレスを見直した。うん、長いコートのフェンリルたちと比べると、このペラペラドレスが冬毛の魔法とか言われたらびっくりするだろうねえ。

指先で頬をかいて、テヘヘと笑った。

「この氷の城、永久氷結を参考にしたの」

「なんてよくできた娘だ」

「だって崩れてきたら危ないから」

「ははははは！」

フェンリルがぎゅうっと抱きしめてくれて、私の頭をしきりに撫でてくれてて、心臓が爆発しそうだ。平常心、平常心……！　至近距離だからこそわかる人特有のあたたかさがある。

永久氷結と聞いて、みんなの顎がまたカクンと落ちている。

いやーやってみたらできちゃった。私、工夫するのってけっこう好きみたい。

「……こ、この氷の城が永久氷結であるならば、シンボルにしても良いかもしれませんね。おそらくフェルスノゥ王国からも望遠魔法を使えば見ることができます。太陽の下の氷の城は、輝いて見えるでしょう。国民たちがフェンリル様へと祈るとき、他国の使者が訪れて雪山を眺めるときに、そこに大精霊がいらっしゃることを実感できると思います」

「これまで、魔狼フェンリルがここにいるとただ信じてもらうしかなかったからな。五年も冬を呼べなかったゆえ、生まれた子らは私のことを知らないはずだ。それなのに、よく言い聞かせて、冬を待ってくれていた。ありがとう」

「滅相もございません！　フェンリル様、滅相もございません……！」

クリスが動揺して同じことだけ繰り返した。

大精霊に直々に感謝されるって衝撃がすごいんだろう。

「ねえ、あとちょっと、魔法を使ってもいい？」

「やる気があるときにやっておくといいよ」

「行ってくる！」

うずうずとはやる心のまま、フェンリルの腕の中をするりと抜け出して、幼狼が駆けるように、階段をたんたんたんっと軽快に登り続ける。足の後ろがくすぐったい？　やがてパンプスの音がしなくなって、やわらかなものを階段に打ちつけるようなわずかな音だけが響いた。

あーこれ、足先だけ獣になっているんじゃないだろうか。半獣人、進行。登りやすくっていいや。

吐く息は白くふわふわと、この氷の城のちょうどよい寒さを表している。

頂上、来た――――！

「〝ミシェーラ姫、聞いて。冬姫エルはまた魔法を使えるようになりました。ありがとう！〟」

メッセージを込めて、氷の花火を打ち上げる。

空のきらめきが、フェルスノゥ王国からも見えているといいな。

私はこれからも、この世界で、冬姫として生きていきたいです。

〈エル！〉

氷の城の外でフェンリルが呼んでいる。

ふわふわと白銀の毛並みを北風になびかせて。

あそこに倒れ込んだらさ、きっと気持ちいいよねえ。

よく知ってる。それが心地いいことも。私がそれをやりたいことも。フェンリルが許してくれることも。

「そおれ！」

そんなとこから飛び降りる人がありますかー!? ってグレアが叱ってくれる。

腕をちょっと曲げて衝撃吸収してください！ とクリスは人型のアドバイスをくれる。

「わぷっ」

大好きな毛並みに埋もれた。

ころころと笑ってレヴィやプディ、雪山の魔物たちが見守ってくれている。

大きく息を吸い込んで、私はついにくたびれて眠ってしまった。

起きたらまた、理想の現実が私のことをちゃんと待ってくれている。

期待した声で「冬姫様」〈エル〉って呼んで。

すずやかに淡雪が舞う、北風も優しいこの世界で、冬フェンリルの愛子として目覚めるの。

番外編

❄スマホでメール

スマホでメールができるなら。なんて書こう？

誰に、とは決まっている。両親だ。私は、ずっと心配をかけていたはずだ。

それはこちらでの親代わりとなったフェンリルを見ていたらよくわかる。

やっと客観的に親を見られるようになった、というべきか。

〈私なら、エルからの便りが欲しい。……帰ってきてくれるのが一番だが〉

「わかってるから大丈夫だよ〜。よしよしフェンリル〜。そのしょんぼりしたお耳を立たせてもいいんだからね？　この世界にも親がいてくれるんだから、帰ったりしないって。子どもはいつかひとり立ちするものだって、私は上京するときにお父さんに言われたの。あっちもわかってくれている。というか異世界渡りの方法なんてわからないし」

つい、喋りすぎたかな。それくらい自分が焦る話題だったんだと思う。

〈エルの頭上も見てごらん？〉

「あぁあ……獣耳、立て、このお」

〈ふふ〉

ゆーっくりと私たちの獣耳は上を向いた。

笑顔を見合わせることで、なんとかかんとか。

今、かまくらの中に二人きりだ。どれだけでもメールについて考えていたっていい。

丸くなった尻尾の真ん中に、すっぽりと収まるようにして、私はスマホとにらめっこする。

待受画像はなんの変哲もない青空だ。会社の人に横から見られてもとくに何も言われないような、ってことだけ考えてこれにしていた。けど思い出したよ。この空は私が、上京していく新幹線の中から撮った空。

つきぬけるような青空で、このたびの冬の空とそっくりだ。

ホームより先にスマホの画面を進めることはしない。もしも日本と繋がってしまったら、何が起こるかわからないからね。

――ピコン♪

「――――――ッ？」

〈今の音はなんだ!?〉

「だだ大丈夫フェンリル落ち着いて。会社ジャナイ、会社ジャナイヨ。……お父さんからだ」

〈父上から？　なんと？〉

「えーっとね……。……〝最近連絡がないが、元気にしているか？　儂らは、変わらない毎日を過ごしている。僕は仕事、母さんは相変わらず体が弱いが、相変わらずということは変わらないということなので、心配いらない。柊も体を大事にして、よく食べて、よく学びなさい〟」

〈いいメッセージじゃないか〉

「逆に心配かなあ……」

〈どうして？〉

「わざわざ心配いらないって書くってことは、心配が要るような状況なんじゃないかなって思うんだよね。それにお父さんはメール不精なのにわざわざ長文。いつもメールしてくるのはお母さんだったのに」

〈……グレアに祈るように伝えておこう〉

「ありがとう」

フェンリルに苦笑を向ける。私にできるのはそれくらいだ。ここにいる、と尻尾を撫でる。

ぐえええ続きの文章が。

「〝入社したら、三年目までは何がなんでも頑張りなさい〟」

読むべきか、迷った。フェンリル絶対に怒るから、こんなの。

ほーら、眉間のシワがすごいし、口から冷気そのものが漏れ出ていて、心臓が凍るような怒りなんだろう。そうやって私の代わりに怒ってくれて、ありがとうね。

「あちらの世界では一般的な物言いなんだよ……。あ――――ってでも、やだ！　三年勤めが無理だった私が、やだ！　でも会社もダメだったもん！　あーっうまくいかなかったなーっ！　終わり」

〈……よくできた〉

「うう。ありがと。終わった先の今の環境は、いい感じだよ……」

〈それを返事にするといい〉

フェンリルの尻尾が私を丸ごと隠してしまった。わぷっ。

終わったことを返事に書く、かあ。

「フェンリルとしては、頑張ってねって送り出した子に、終了のお知らせをされるってありなの？」

〈そもそも父上の希望としては、娘が元気に成長していてほしかったのだろう。環境をのし上がるような強い子になってほしいという。三年という願いは、害されることなく健やかな笑顔を保っていてほしかったのだと思うよ。その先の未来も良いものであれという気持ちもあるだろう〉

「ひー……」

荒れた生活と死んでた心のことを思うと、口の端が引きつる。

そういえばたまに送るメールは、現状をごまかすように、私はちゃんと社会人やれてるから心配しないでねって返事をしてた。心配しないでね、だ。親子でこんなところがきっと似ている。

あっちには助けてくれる親族も近所にいるから、なんとかなっているかなあ。

助けてくれる人のいない都会に娘を送り出した両親は、どれほど心細かったことだろう。

誠に申し訳ありませんでした……。

〈私が返事をもらうなら〉

「うん」

〈今、幸せだよ、と言ってほしい〉

「それは……。ちょっと照れる」

〈私たちには言ってくれたのに？〉

「この世界ではそれが言える雰囲気があるから。あっちの世界ではちょっと恥ずかしいような、そんな空気感があるんだよ。幸せ、大好き、愛してる、って言いづらいような……空気感。お察し文化っていうのかな。言わなくてもわかっているでしょう？　って」

〈それで、三年目までというメッセージが作成されるわけだ〉

「うっっっ……」

〈まっすぐに伝えられたなら、娘の将来を案じており、幸せであってくれとなろうものを〉

「そこは我が国の敗北だと思います……」

〈藤岡（フジオカ）エル。オマエが伝えたいものはなんだ？〉

珍しい呼び方をされた。でも「ノ」をつけなかったことに、フェンリルのこだわりを感じる。

「私はね、変わったんだよって伝えたい。実は前の会社が合わなくて、辞めることになってしまったけど、今また別のとてもやりがいのあるお仕事を見つけて、頑張っているんだよって。心配いらない……ううん、安心してほしいって伝えたいの」

〈よくできた〉

「辞めることになった、ってカッコつけすぎ？　クビになったって書くべき？　嘘つきになってないかな!?」

〈結局エルが背負う罪ではなかったし、カイシャは潰れたし、よいのではないか〉

「急に会社を辞めて、やりがいのあるお仕事☆　頑張ってる☆　って逆にやばそうじゃない？　妙な宗教にハマって心配だとか思われたらどうしよう⁉」

〈大精霊を敬うことは宗教とも似ているからそのまま正解でいいと思うのだが〉

「あっちの世界では宗教にハマるというのはヤバイ場合が多くてね！」

〈ややこしい世なのだな〉

くああ、とフェンリルがあくびをして、私をじいっと見つめてくる。

〈笑顔の姿を見せられたら親としては安心できるものだが、返せないので難しいな〉

「あっ写メの機能があるじゃん」

〈伝えられるのか？　エルの笑顔を。ではそれで万事解決だ〉

「そうかも……！」

そして私はフェンリルの青の瞳を覗き込んで気づく。

「真っ白い容姿だと私だってわかられないよお！」

〈難儀だな〉

「こうなったら音声送信するしかない……楽しそうな笑い声で。いやヤバイ奴みたいかな？」

〈寝なさい〉

もっっっふん、とフェンリルの尻尾に埋もれた。

ゆらゆら揺すってくるので、うう、眠気がやってきちゃうじゃないの。

〈不慮のメッセージで、異世界とこの世界が繋がったんだ。フェルスノゥ王国に連絡をして、早めに訪れるとしよう〉

「あっちでメッセージ考えてもいいしね……頭のいいミシェーラ姫に相談をしようかな。あっフェンリルのことを獣感性って区別してるわけじゃなくてね？」

〈そうかそれはショックだ……〉

「ちょっと――!?」

〈ふふふ。このようにマイナスに捉えられても困るだろう？　親は子を想うものだ。信じなさい。エルを大事に育ててくださった父上が、愛娘のすこやかな言葉を本心だと信じてくださると〉

両親のことをそう言ってもらえると、なんだか嬉しい。

「そう言ってもらえると、嬉しくって安心できる。ありがとうフェンリル」

安心のままに、私は眠りに落ちていった。

伝えたい言葉はあちらにも同じだ。ありがとう、お父さんお母さん、って。

❄ 雪妖精の泉の招待状

「銀色の葉っぱ？」

ギラギラとメタリックなほどに光っている、と思った瞬間、葉っぱの葉脈がうごめきだした。

「きもちわるっ」

思わず手を離して、葉っぱを雪の上に落としてしまったら、グレアのため息が後頭部にかかった。

〈それは雪妖精から、妖精の泉にいらしてくださいという招待状ですが〉

「ええぇ雑に扱ってすみませんでした！」

〈まさか招待を断られるとは夢にも思いますまい〉

「ちょっ、断ってはないってば」

〈ご覧ください。雪面に落ちたら、招待の文面がわからなくなってしまったでしょう？〉

「雪隠れになろうとは……！」

手でさわさわと淡雪をかき分けても、どれが雪妖精の魔力か、わからない。しまった……。

銀色だった葉っぱも、ただの深緑色に戻ってしまった。

〈いやに用意周到と言うべきか。もし魔法が届かなければ普通の葉となる、そのようなものだったようです。間違えて別の者を招待しないように、と見るべきでしょう。このたびの雪原には怪物が出現した。魔物たちも予想外の変化をそれぞれ遂げている。妖精の泉が間違いで荒らされでもすれば、大変なことになります〉

「そうなんだ。泉は魔力が濃いから、さらに変質しちゃうんだっけ？」

〈ええ〉

短く相槌を打ったグレアは、フェンリルに伝えに行った。

ミスには早急に対処する、正しい。ただ、私が行くべきだ。

結果、グレアと全力疾走競争することになった。

グレアは馬の俊足で、私は半獣人の足でさらに北風を受けながら、懸命に走る。

「ぜえっ、はあっ、ふうっ、らあっ！」

〈……オマエたち、朝から元気いっぱいだな？　よしよし〉

フェンリルは和やかに迎えてくれた。

走り込んでいった私たちは、崩れ落ちるように土下座した。

「ごめんなさい！　雪妖精の泉の招待状、無効にしちゃった……」

〈俺がついていながら対処が遅れてしまい申し訳ございません！〉

「雪妖精の泉の招待状……？」

洞窟の奥からやってきたクリスが、コトリ、とパンの缶を落とした。

伝説をどうしても見てみたかったクリスに、葉を調べさせてほしいと懇願されて、フェンリルは〈やってみよ〉とのことで、魔法の再生を試みたんだけど。

「できませんでした」

がっくりと肩を落としたクリスから、葉っぱを受け取る。でも見ちゃった。目は嬉々としているの。それは自分が至らないほどの魔法に遭遇した興奮からで、こと自然の摂理を探求することに関してては、クリスは失敗を恐れない。えらいねえ。

〈まあ、直接尋ねればよいのではないか？〉

フェンリルがおおらかに尻尾を揺らす。

〈目的は、エルと雪妖精の契約だろう。それをなせるのであれば、こちらから赴いても問題あるまい。招待状があれば泉の入り口があちらから開かれるが、近くまで行って声をかけても同じ効果が得られるだろう〉

「よ、よかった。妖精の泉っていくつもあって、場所がわかりづらいんだっけ？」

〈その年によって、入り口はゆらゆらと移動している。外にいる契約妖精にも場所がわからないほどに〉

フェンリルは自らの契約妖精を呼び出した。

雪の結晶の魔法陣からするりと現れた雪妖精たちは、優雅な礼を披露する。

それから小さな頭を、なぜかフルフルと横に振った。

〈そうそう。今年は、新しい雪妖精が生まれてくるのだな？　それが初めて外に出るときに、拙い空間の繋ぎ方によって私たちに違和感を伝えてくるから、妖精の泉の入り口を探しやすいか〉

「あ。吸い込まれてしまったあの子……!?」

ドラム式洗濯機の中で、はかなく消えてしまった子が、また生まれ直す。

思わずフェンリルの尻尾をきゅうっと握ってしまっていた。

〈雪妖精はたくさんいる。けれど、エルはあの個体がいいのではないか？〉

「――うん。うんっ」

ぽとり、と真珠が転がった。淡いピンク色が交ざった雪の花が咲く。

また会える。そうしたら、よろしくねって伝えたい。お辞儀を見せてもらえたら、褒めてみよう。

ほわほわと妄想する。あの子と手を取って、私がダンスをするようなところ。

……なんだろうこのイメージ？

〈雪妖精と契約を成せたら、エルはダンスをしてあげなさい〉

「今まさにそのイメージが浮かんだところだった。もしかして獣の本能？」

〈冬姫としての目覚めと言ってもいいかもしれない〉

フェンリルは驚いたように青の目を少し見開いてから、私にやわらかい微笑みをくれた。

〈おめでとう〉

「ありがとう……。契約してもらえるか、まだわからないけど」

〈それなら、エルの魔力を雪妖精に浸透させてやればいい。そのためのダンスだから。魔力が強い冬姫は怯えられるかもしれないが、頑張って誘ってみなさい〉

「そっちなんだ!? あんな最後だったから、気持ちとして断られるかもしれないと思ってさ……」

〈それはないだろう？ 見てごらん〉

洞窟の中から、入り口の方を眺める。

外の様子がおかしいよ。

空が一面ギラギラしていて、銀の葉っぱがなだれ込んできてるんですけどぉ!?

ビュウ!! と強い北風とともにやってきた木の葉の群れに、私は埋もれた……。

〈モテるな、エル。とりあえず招待はいったん拒否しておきなさい〉

「りょ、了解……」

ペイっ！　と払いのけて立ち上がると、葉っぱはわずかに銀の葉脈を残すだけとなった。

穴があきそうなくらい見つめていたクリスに葉を譲ると、とても感謝された。

跪いて「この雪山内の研究に限定して、国家には漏らさないと誓います」は大げさだなあと思ったけれど、どこまで私が判断していいかわからないことだから、慎重に越したことはないね。

「フェンリルみたいに、雪妖精を従える側になるんだよね？　うわあ、三年目を越えてないから部下を持った経験がないよぉ……クリス、人材育成について教えてくれる？」

「あいにく僕はその分野に関しては優秀ではなく。自己を磨くことに特化していて」

「私もそのタイプ……」

はあ――、と顔を見合わせて苦笑した。

フェンリルが、くくくと喉を鳴らす。

〈真面目すぎるのだ。オマエたちは。周りを見てごらん、こんなにたくさんのものがある。ものの原理を知ろうとする気持ちはあるだろう。あとは、そのものの言葉に耳を傾けてやればよい〉

「引き受けても引き受けても終わらない書類の山にデータファイルの群れ……」

「うっ、住人それぞれの意見を尊重しすぎてぐちゃぐちゃになった民法改正……」

〈自分に自信がないんですよ、エル様も、クリストファーも。耳を傾けたあとに、最終的には自分の意向を信じてやらねばどうします。そんなことだからミシェーラ姫に押し負けるのです〉

ぐうの音も出ない。

ミシェーラ姫はあのあと、王国で自分の夢について表明して、難しい顔をされながらも、支持層も増えてきているようだ。まさに、周りに耳を傾けつつの、自己表明。

　これをクリスに通訳するときの気まずさったらなかった。自分のダメなところを刺されつつ、デリケートな王座問題に言及されるんだから。獣声をわざわざ私に通訳させたでしょ、グレア？

「みんな最終的には雪山のことを考えているから大丈夫」

　自分に言い聞かせるように、呟く。

「私も雪山のことを大事にしているから、私のことを信じてもきっと大丈夫」

〈そう思うよ〉

　フェンリルが立ち上がって、私たちを外に誘った。

　雪山は一夜のうちにまた新雪が積もって、まっさらな表面がぴかぴかと照らされている。

〈いい朝だ〉

「気持ちいいねぇ」

〈気分がいいときに移動するのが一番だと私は信じているんだよ〉

「もう行くってこと!?」

〈妖精の泉に寄って、そのままフェルスノゥ王国へ。どちらもこなせばいいだろう。機械は持ったか？　父上にメッセージを送るために。溶けない氷は持ったか？　エルがあの国に認められるために。ティアラはつけたか？　ミシェーラ姫が喜ぶだろう。プディは置いてきたか？　レヴィがきっと寂しがるから。クリストファーは……どちらにする？〉

「わ、わわ。えっとねクリス、フェルスノゥ王国に一緒に行く？　それか残る？　だって」

「僕は……。行きます。氷馬を貸してください。まだ妹に王座を譲ると決めたわけではないのに、雪山に引きこもっていれば、退座の意思表示と受け取られます。流されるばかりではいけませんから」

「これからきちんと決めるためだね。えらいね」

あっ！　つい……頭を撫でてしまった。

クリスがミシェーラ姫になって以降、言葉遣いも砕けてしまっていたけど、ついに手が出てしまうとは。しまった。ごまかすようにへらっと笑って、氷馬を作ってあげた。クリスは赤くなった頬をマフラーに隠して露骨に反応している。「いつも言葉で撫でられているようだったのに、現実にもなろうとは」って、恥ずかしい、恥ずかしいよ……！

火照った頬は、北風で冷やすのが一番だ。

雪原に向けて走り出す。

目指すのは、今、わずかにオーロラの魔力を立ちのぼらせている雪原。

きっと、きょろきょろとあたりを不安そうに見回す雪妖精がいるはずだ。手を差し伸べて、ようこそ！　って、ここはいい世界だよって伝えてみたい。すでに仲間に囲まれているかもしれないけど、私もその輪に入れてくれるかな。お辞儀とダンスをしよう。

雪原に怪物がまた現れたなら、きっと倒せる。ミシェーラに倒し方を教えてもらった。こっちには頼もしいフェンリルたちもいるから、見守ってもらいながら冬姫の私も頑張る。

フェルスノゥ王国に着いたら、街の探検をさせてもらおうかな？　素朴な木造りの家がぽつりぽつりと並び、庭ではトナカイを飼う狩猟の平民街や、鮭をたくさん釣る漁船が並ぶ川沿いの漁師街、異国の都会的な大通りにアパートがみっちり並んだ商店街。

白と青のフェルスノゥ王城。

雪原で採れる冬の草花をお土産に持っていこう。冬エーデルワイスにスノードロップ、ローズマリーとパープルベリー。ペチカの実も人々の役に立つはずだ。

川でこのたびの冬の水を汲んで。

同じ瓶に、そっと雪をしのばせる。

冬の詰め合わせ、気に入ってくれるといいな。

瓶に映っている白銀の美少女は、獣耳をゆるゆると揺らして、フェンリルのようにやわらかく微笑んでいた。私じゃん。まじなの？　まじなんだよねえ。これからもよろしくね、エル。

冬フェンリルの愛子となった私が、絶望から癒されていく話／完

冬フェンリルの愛子となった私が、
絶望から癒されていく話

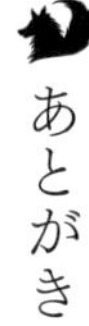

あとがき

はじめまして。黒杉くろんと申します。

「冬フェンリルの愛子となった私が、絶望から癒されていく話」をお手に取ってくださり、誠にありがとうございます。読者様、マッグガーデン・ノベルズ様、花ヶ田様、正田しろくま様、関係者のみなさまに心よりお礼申し上げます。

さて、ひんやり系のモフモフはお好きですか？

モフモフといえば毛感触。毛感触といえば獣。獣といえばあたたかい。けれどそれは前作「レア・クラスチェンジ！」で書いていたので……ひんやりモフモフに挑戦しました。ひんやりしたモフモフって存在するの？　というところでファンタジージャンルに助けてもらいました（いつもありがとうファンタジージャンル）

雪国を守る冬フェンリルはとても優しくて、ひんやりした毛並みを触らせてもくれます。

それを享受するのにふさわしい主人公が、藤岡ノエルだと思っています。

わたしの作品ではいつも「なにか一つを認められる」から始まります。ノエルの場合は「撫でる手つきが優しいこと」でした。たったそれだけですけど、優しく迎えてもらったから、自分からも優しく出来ることはすてきですよね。絶望して心がささくれていたのに。

この子がフェンリルの毛並みを叩いたり、引っ張ったり、しないことがとてもいいなと、書きながら思っておりました。グレアの紫のたてがみもまず優しく撫でてくれている。もともとそのような慈しみを持っていた子だからこそ、書きながら救いたかったですし、みなさんが読んでくれたあとで「モフモフを優しく撫でよう……」と思って下さったら嬉しいですよ。

なにかに優しくすることが、結果的に自分へのセラピーにもなります。

癒されながら、スローにライフして生きていきたいですね（帯に寄せました）。

さて、この書籍はちょっと珍しい経緯で成立いたしました。コミカライズをまんが王国様で進めていただき、しばらく連載してからマッグガーデン様が原作小説にオファーを下さったのです。私は小説作家ですので、なんだかわらしべ長者のような気分でした。数年の出版優先権とひきかえに、良いものをたくさん頂いてしまった……このお礼のつもりで、一冊まるごと書き下ろししました。めちゃくちゃ費やした時間、受け取ってくださいませ。

WEB小説書籍業界は柔軟ですから、今後このようなスタートラインも増えていくのかもしれませんね。もともとWEB小説からデビューした作家なので、全体が盛り上がっていくといいなあと思います！　せっかくなので「黒杉くろん」も覚えていってください。

それではまたこの雪国で会えますように。

２０２０年10月　黒杉くろん

冬フェンリルの愛子となった私が、絶望から癒されていく話

発行日　2020年10月25日 初版発行

著者 黒杉くろん　イラスト 花ケ田　キャラクター原案 正田しろくま

発行人　保坂嘉弘

発行所　株式会社マッグガーデン
〒102-8019 東京都千代田区五番町6-2
ホーマットホライゾンビル5F
編集 TEL：03-3515-3872　FAX：03-3262-5557
営業 TEL：03-3515-3871　FAX：03-3262-3436

印刷所　株式会社廣済堂

装　幀　小椋博之、佐藤由美子

本書は、「小説家になろう」(https://syosetu.com/) 作品に、加筆と修正を入れて書籍化したものです。

ISBN978-4-8000-1017-9 C0093

著者へのファンレター・感想等は弊社編集部書籍課「黒杉くろん先生」係、「花ケ田先生」係、「正田しろくま先生」係までお送りください。